HIPPOCRATE
DEPAÏSE':
OV
LA VERSION PARAPHRASEE
DE SES APHORISMES;
En vers François.

Par M. L. de F. Doct. en Med. dans P.

A PARIS,

Chez **EDME PEPINGVE'**, en la grande Sale
du Palais, du cofté de la Sale Dauphine.

M. DC. LIV.

A MAISTRE
GVY PATIN,

Docteur Regent, & Doyen
de la Faculté de Medecine
de Paris.

ONSIEVR,
Pour donner cours au genre d'escrire que
j'ay entrepris, ie ne pouuois faire chois d'vn
arbitre & d'vn protecteur plus intelligent
que vous, qui possedez le fonds & le secret de
nostre diuine science, & la rendez familiere,
simple & populaire dans la practique que
vous exercez auec tant de succez, apres en
auoir banni l'artifice & la pompe, qui sont

á ij

pluſtoſt des amorces pour attirer l'argent &
la vanité, que des charmes pour appaiſer les
douleurs, & des moyens pour en épuiſer les
cauſes.

Ces Impoſteurs qui ont caché ce qu'ils
ſçauoient, ou pluſtoſt ce qu'ils ne ſçauoient
point, ſous des noms & ſous des figures, ont
peruerti les choſes les plus ſainctes, & les plus
vtiles: noſtre Medecine n'a pas moins ſouf-
fert de dommage, par le fatras des Arabes,
& par le jargon des Chymiſtes, que la Reli-
gion par les fables des Grecs, & les hierogly-
phiques des Egyptiens ; & peut-eſtre que
Cham, qui fut (à ce qu'ils pretendent) inuen-
teur de la *Chymie*, qui eſt vn art diabolique,
& vrayement la fauſſe monnoye du meſtier,
le fut auſſi de l'idolatrie & de l'impieté.

Ie laiſſe la diſcuſſion du tort que les Pre-
ſtres de l'Egypte firent à leurs peuples, de ſ'e-
ſtre reſeruez la connoiſſance de la Diuinité,
qu'ils ſçauoient par la tradition de leurs Peres, & par les doctes & pieuſes conferences
d'Abraham & de Ioſeph, & leur auoir voilé
l'vnité, la verité & la bonté, ſous des idoles
d'oiſeaux, de poiſſons & d'herbes.

La science pour meriter son nom, doit estre aussi bien éuidente, que veritable & certaine; l'obscurité luy oste le plus beau membre de sa definition; & ces hommes qui apres de longues estudes ont tant accumulé d'especes sublimes, ne sont pas moins ingrats quand ils se rendent obscurs à leurs disciples, qu'vn pere qui apres auoir amassé de grands thresors, au lieu de donner de la monnoye courante à ses enfans, ne leur lairroit en partage que des pierreries & des marchandises inconnuës, dont personne que luy ne sçauroit la valeur: Et j'estime autant les leçons de ces Docteurs enfumez, que les presents que Domitian fit à ces Senateurs, qui se treuuerent enrichis par le caprice de ce Prince lors qu'ils pensoient perdre la vie.

Quelques-vns ont escrit qu'Hippocrate estoit dépeint la teste couuerte, parce qu'il faisoit trophée de cacher sa science; mais la lecture de ses principaux ouurages dément cette opinion, puisque dans le Liure *de la Nature Humaine*, il l'a réduit aux elemens & aux qualitez qui tombent sous le plus grossier de nos sens; Son admirable Inter-

ã iij

prete, qui s'estend auec tant d'élegance sur
ses decisions, & y raisonne auec tant de vigueur, n'est pas moins recommandable par
la clarté qu'il a donnée aux textes de ce diuin Autheur, qui en auoient besoin, & qu'il
a respanduë par tous ses ouurages, que par
les autres talents qu'il possedoit auec excez.

C'est vne verité de laquelle personne ne
doute, que la communication est la perfection du bien; & que Dieu qui est la source
de tous les biens, nous a caché les choses su-
perfluës, inutiles ou dommageables, & nous
a rendu les necessaires fort presentes & fort
communes: Il n'y a rien de si beau & de si
necessaire que le Soleil, mais aussi n'y a-t'il
rien de si commun: & l'eau que *Pindare* dit
estre *la meilleure de toutes les choses*, est aussi
la plus commune & la plus familiere: *quid*
aquis formosius ? in publico tamen currunt.

Ces exemples & ces inductions ne dé-
tromperont-elles iamais le public de la sotte
opinion qu'il a, que la perfection de nostre
Art ne se treuue que dans l'Astrologie, ou
dans la Chymie, qui jointes ensemble font
cette science que l'on appelloit *Magie?* Et

Pline remarque que *Neron*, apres s'y estre
long-temps adonné, auoit reconnu que ce
n'estoit que pure vanité. Faudra-il touſiours
croire que ſi l'on n'a des Spheres, des Lunet-
tes de *Galilei*, des Aſtrolabes, & des four-
neaux, on ne ſçauroit connoistre ou guerir
les infirmitez humaines?

La Medecine ne conſiſte-elle pas à mettre,
& à oster? ce qui ſe fait par des aliments &
des remedes, que la bonté de Dieu a reſpan-
dus ſur la face de la terre, & que l'abondance deuroit rendre à bon marché, ſi l'auarice
& la malice des hommes ne les rendoit ſe-
crets pour les rendre chers.

N'y a-t'il pas au rebours, grande apparen-
ce de conjecturer que le Diable, qui eſt vn
ſinge, n'a inuenté que des arts dommageables, & dont il a rendu les principes obſcurs,
pour augmenter la curioſité, qui eſt naturelle à l'homme: & parce qu'il fait par fois
de faux miracles, il arriuera que ſes inuen-
tions profiteront à deux ou à trois, afin d'en
tromper ou d'en perdre vn million.

Il me ſemble (MONSIEVR) que la gra-
uité de la matiere & de la perſonne auec qui

ie traite, m'emporte vn peu bien haut. Ie dois craindre que mes Critiques, qui ont charmé quelques fots ou innocens de ce païs (par leur ftyle *du Soldat François*, & de l' *Auant-victorieux*) ne me reprochent que ie fais ici vn prologue de Docteur, pour le mettre au deuant d'vne farce: mais eftant accouftumé à leur morfure (fans en eftre entamé) de laquelle Dieu a voulu que fans *Magie* & fans *Aftrologie*, vous fuffiez le *Talifman*, j'en ferai par dépit, & les renuoyerai à l'A B C, apres les auoir dans ma derniere Refponfe confondus par le *Dictionnaire*, ie leur dirai, & à leurs imbecilles fuppofts, que ie me veux diuertir en apprenant, & qu'on a dit en Latin ce que ie veux practiquer en François,

& nugæ feria ducunt.

Ie fçay que cette façon d'eferire eft nouuelle, ou du moins peu connuë aux fiecles paffez, & aux nations eftrangeres: que c'eft vn agreable fymptome de la cruelle maladie de *Monfieur Scarron:* mais le ftyle populaire & plaifant, a efté pratiqué par les *Hebrieux*, dans leurs *Paraboles*, par les *Grecs* & les *Romains* dans leurs *Comedies*, & les Docteurs

de

de ces peuples, employoient auſſi-toſt ces naïuetez pour l'inſtruction que pour le diuertiſſement : *Socrate* & *Platon* nous en ſont teſmoins chez les Grecs : les plus illuſtres des *Romains,* ont eu bonne part aux railleries de *Plaute* & de *Terence : Ciceron* & l'Empereur *Augufte* affecterent autant de paroiſtre plaiſans que doctes ; Cét homme, ſur la mort duquel on pretend m'auoir rendu plus ridicule que burleſque, a plus monſtré de doctrine & de genie dans ſon *Apocolocynthofe,* que dans ſes belles *Epiſtres,* & dans ſes diſcours *Philofophiques :* Et l'Empereur *Adrian,* le plus ſublime en ſcience de tous ces ſuperbes Maiſtres du monde, preferoit cette façon de ſ'exprimer aux plus graues & aux plus ſerieuſes.

Ces exemples doiuent aſſez excuſer mon effort auprés des Eſprits complaiſans & raiſonnables : & cét ouurage, qui eſt aujourd'hui feüilleté par les doctes & par les indoctes, n'en ſera pas moins eſtimé pour eſtre burleſque, ſ'il eſt aſſez heureux pour eſtre leu, & ſ'il a ce genie qui fait vieillir & approuuer les Liures.

Vous eſtes ſon Parain & ſon tuteur ; ſi vous

é

iugez que ce foit vn enfant foible ou diffor-
me, eftouffez-le, jettez-le dans l'eau,

dona Veneris, Thelefine, marito:
employez-le à quelque plus vil vfage : mais
fi vous y prenez tel gouft qu'il foit affez heureux pour vous plaire, & pour vous délaffer
de vos ferieufes occupations, vifites, Conferences, lettres, tant auec les doctes de France
qu'auec les Eftrangers, & fur tout de cét ex-
cellent & illuftre Docteur *Alcide Mufnier,*

qui panem facit, & facit farinam :
faites-le lire les foirs au garçon qui fuit &
qui gouuerne voftre bidet, il feruira peut-
eftre pour en faire vn Docteur *au bourg la*
Reine, ou à Vanves; & à mefure que le fça-
uantiffime en rira, l'ignorant en fera fon profit : mais, qu'il aye l'approbation, ou qu'il ne
l'aye pas; qu'il foit ridicule, ou recommandable; qu'il foit fructueux, ou inutile, ie fuis
affez accouftumé de n'auoir pas ce que ie de-
fire, & me fens affez heureux & affez confo-
lé de voftre fuffrage, *tu mihi mille theatra, &*
totidem calculi; fi valeas & plaudas, valeat &
plaudat qui poterit.

Voila, MONSIEVR, l'abbregé de mon

deſſein, & des ſouhaits que j'ay pour ce petit
Ouurage, lequel ie vous preſente comme à
mon meilleur & plus fidel ami : apres quoy
ie vous proteſte que ie ſeray toute ma vie,

MONSIEVR,

Voſtre tres-humble & tres-
affectionné ſeruiteur,
LOVIS DE FONTENETTES,
Docteur en Medecine,
à Poitiers.

De Poitiers, ce
20. d'Octobre,
1652.

ē ij

PREFACE.

Nec fonte labra prolui caballino,

Nec in bicipiti somniasse Parnasso.

Memini, vt repente sic Poëta prodirem.

Heliconidasque, pallidamque Pyrenem

Illis remitto,

Quorum imagines lambunt Hederæ sequaces.

Ipse semipaganus

Ad sacra vatum carmen affero nostrū.

De l'eau que fit sourdre Pegaze,
Qui fut tant soit peu plus qu'vn Aze,
Ie ne me suis point abbreuué;
Ie ne crois point auoir réué
Sur cette montagne au chef double,
Pour auoir d'abord l'esprit trouble,
Et sur le champ faire des Vers,
Autant de tors que de trauers.
Que Messieurs de l'Academie,
Qui font de l'or sans Alchymie,
Les Corneilles, les Scuderis,
Soint des neuf Sœurs les fauoris,
Comme de la blesme Pyrene,
Ie ne m'en mets pas fort en peine,
Et que leurs portraits azurez,
D'vn lierre superbe entourez,
Facent connoistre & facent croire
L'immortalité de leur gloire :
Pour moy, qui suis Prouincial,
Qui rime & qui vis assez mal,
I'entens assez mal à mon aise,
Cheminant plus à pied qu'en chaise,
Ie soûmets mes foibles escrits
Au jugement des beaux esprits :

PREFACE.

Mais ma foy, vous me faites rire,
Quoy, n'est-il pas permis d'escrire?
Dites-moy, d'où vient le caquet
De la pie & du perroquet,
Qui dit au Roy, comme à la Reine,
Bon iour, Monsieur, & bonne étreine :
D'où vient que si fort à propos
La pie imite nos beaux mots?
C'est vn maistre ez Arts d'importance,
Connu hors & dedans la France,
Qui se fait foüetter pour vn soû,
Qui gronde quand il n'est pas soû,
Que rien dans sa corbeille n'entre ;
En vn mot, c'est monsieur le Ventre,
A qui besoin ouurant l'esprit
Fait dire ce qu'onc il n'apprit :
Hâ que de vers on verra faire
Si tant soit peu l'argent esclaire ;
Les pies & les vieux corbeaux
En feront tant & de si beaux,
Qu'ils effaceront le haut style
De Malherbe & de Theophile.

Fin de la Preface.

Quis expedi-
uit psittaco
suum χαῖρε.

Picásque do-
cuit verba
nostra co-
nari?

Magister ar-
tis ingeniiq;
largitor ven-
ter,

Negatas arti-
fex sequi vo-
ces:

Quod si dolo-
si spes reful-
serit nummi,

Coruos, Poë-
tas &Poëtrias
picas
Cantare cre-
das Pegase-
jum melos.

Ad eruditißimum virum D. D.

LVDOVIC. DE FONTENETTES,

*Doctorem Medicum Pictau. Aphorismorum
magni Hippocratis Interpretem.*

AD numeros tua quos nobis solertia
     promit,
Hippocratis nostri quam bene sensa ca-
   dunt !
Perge, tuis totam Medicinam versibus orna,
Sic erit illa placens, sic erit illa juuans.
Implicitum si multa grauent te, delige quæ
   sunt
Obscura, in lucem tu cito clara dabis.

FRANC. CARRE',
Doctor Medicus Pictau.
& Collega.

A M. DE FONTENETTES,

Docteur en Medecine à Poitiers, sur sa
Traduction des Aphorismes
d'Hippocrate.

ILs disent (ils en ont menti,
Fussent-ils vestus d'écarlate)
Qu'au traitement des maux de rate
Tu es fratè ignoranti.
   Ce bel Ouvrage travesti,
Dont la pointe si delicate
Nous instruit, nous touche & nous flate,
Me fait embrasser ton parti.
   Retirez-vous ingrats Critiques,
Vrais empoisonneurs d'eaux publiques;
Admirez ce sacré ruisseau,
   Dont la source est si salutaire;
Tant plus vous brouillerez cette eau,
Et tant plus vous la rendrez claire.

H. G. C. P.

APHORISMES
D'HIPPOCRATE.

SECTION I.
APHOR. I.

DEPVIS que la fureur de l'onde
A fait nouueau mesnage au monde,
C'est grand pitié que de nos jours,
Car ils sont mauuais & sont courts,
Ainsi qu'est harangue Gasconne,
La comparaison est fort bonne :
Et quoy que jazent enuieux,
Ie ne sçay pas s'ils diront mieux.
　Or sans m'arrester à l'enuie,
Ie dis que si courte est la vie,
L'Art est bien long tout au rebours,
Qu'il faut auoir bien fait son cours
Premier qu'en Docteur on se fie,
En Grammaire, Philosophie ;

Vita bre-
uis,

Ars vero
longa:

A

D'illec s'en aller à Paris,
Non pour molester vieux maris,
Et pratiquer galanterie;
Mais en ruë de Buscherie,
Ou à Cambray prendre leçon:
Puis faisant le mauuais garçon,
Dans la Greue comme vn S. George,
Oster cordeau dessous la gorge
A maint miserable pendu,
A qui le cas estoit bien dû,
Pour auoir trop serré les gripes
Se faire voir fressure, tripes,
Cervelle & chair sous Riolan,
Qui deust viure autant qu'vn milan
Pour le bien de tout le Royaume,
Auant d'aller prés de sainct Cosme:
Il ne fit onc de mal à corps
Que quand ils sont tous roides morts:
Car les viuans mieux il conserue
Que le Talisman de Minerue,
Qu'on appelloit Palladium,
Ne gardoit Rome, ou Ilium,
De feu, de deluge & tempeste:
Il sçait des pieds iusqu'à la teste
Comment il faut Chrestiens guerir,
Et les empescher de mourir:

Voir fous luy quelque Anatomie,
C'eſt auoir la Fortune amie.
Apres il faut herboriſer,
Conferer, hoſpitaliſer,
Les Ieudis aſsiſter aux Theſes,
Où Phebus ſur bancs & ſur chaiſes
Fait voir que Docteurs de Paris
Sont ſes principaux fauoris:
Qui ne veut ou ne peut atteindre
A ce ſommet, il faut ſans feindre,
Petit ſac & quilles plier
Pour tirer droit à Montpellier,
Endoſſer robbe mirifique
De Rabelais, Docteur mimique,
Prendre Licence, & puis tout net
S'armer de doctoral bonnet:
Aucuns de là vont au village,   Experi-
Pour faire leur apprentiſſage,   mentum
Où ſouuent cimetieres ont   periculo-
Boſſe, ou foſſe deſſus le front,   ſum:
Car en ce cas qui peut ſe ſauue;   Occaſio
De plus, l'Occaſion eſt chauue,   præceps;
Et n'a toupet que par deuant,
Elle s'enfuit comme le vent   Iudicium
Si de bien prés on ne l'enfile: difficile.
Le jugement eſt difficile;

                    A ij

Et bien souuent dedans cét Art
Ils prennent Maistre pour Renard:
Mais quoy que le Medecin face,

Oportet autem non solum seipsum exhibere recta facientem,

En touchant pouls, regardant face,
Faisant tirer langues, enfin
En fouillant au fonds du bassin,
Il faut (soit fiévre, soit verole)
Que malade joüe son roole,

sed & ægrum,

Autrement d'vn De profundis
Plus triste qu'vn adieu vous dis,
Quoy qu'il barguine, ou qu'il tracasse,
On regalera sa carcasse,
Ce qui seroit piteux à voir.
Item feront bien leur devoir

& adstantes, & exteriora,

Ceux qui sont autour du malade,
L'empeschant de gouster salade,
Manger chair, boire vin, de peur
De produire ardente vapeur,
Qui porteroit Martin en teste,
Il ne faut pas faire la beste,
Faut estre proprement couché,
Nourry, changé, chauffé, torché,
Qu'aucune fascheuse nouuelle
Ne luy barboüille la ceruelle:
Cependant, après tout cela,
Quantité s'en vont pardelà.

APHOR. II.

MAis pourſuiuant noſtre harangue,
le dis quand foire caque-ſangue,
Ou vomiſſement naturel,
Qui viennent ſans auoir pris ſel
De vitriol ou de mercure,
Qui ſouuent loin de faire cure,
Curent l'ame ainſi que le corps,
Luy faiſant gaigner le dehors;
Si ces naturelles décharges
Sont groſſes, longues, grandes, larges,
Qu'on joüe ſans deſſus deſſous:
Et point du bâton à deux bouts:
On ne va point au cimetiere
Si l'on fait loüable matiere,
On ſe ſent leger de dix grains,
Gay de teſte, ferme de reins;
Au rebours, ſi l'on fait moquette,
Qu'au lieu de vomir on hoquette,
Que le flux du bas ou du haut
Ne ſoit pas bien fait comme il faut;
En ce cas le diable eſt aux vaches,
L'on deſlogera ſans gamaches;
Il en faut dire tout autant
De l'Art la Nature imitant,

In perturba-
tionibus ven-
tris & vomiti-
bus vltro ob-
ortis, ſi talia
purgantur
qualia pur-
gari oportet,
conſert & le-
uiter ferunt,
ſin minus
contra.

Sic & vaſo-
rum euacua-
tio ſi talis fiat
qualis fieri
debet,

A iij

Si l'on épuise à temps & heure
Que rien de mauuais ne demeure,
Et que l'on chasse des vaisseaux
Du mal la source & les ruisseaux,

Confert &
Imiter ferût;
sin minus in
contrà.

Le corps soudain paroit alaigre,
On est dispos comme vn chat maigre.
Que si l'on ne vuide à propos,
Garde le ciseau d'Atropos:
Selon les lieux qu'on s'accommode,

Inspicere ita-
que oportet
regionem, &
tempus, &
ætaté & mor-
bos, inquibus
conuenit aut
non.

Car chaque pays a sa mode,
Par exemple, Parisiens
Font plus de sang qu'Italiens,
Et les Limousins croquerabes
Sont plus poußifs que les Arabes;
Ainsi selon chaque climat
Il faut donner eschec & mat;
Le temps aussi de toutes choses
Fait & défait metamorphoses;
Au Printemps on a le sang gay,
On ne songe qu'à planter may;
En Esté l'on a la pepie;
En Hyuer liquide roupie;
L'Automne est funeste & fatal
Par son mouuement inégal,
Et j'en escrirois pis que pendre,
Mais Bacchus vient me le defendre,

Parce que son regne produit
Ce jus diuin, ce noble fruit
Qui charme la melancholie
Pourueu qu'il ne tire à la lie:
Mais outre ces lieux & les temps
D'Automne, Hyver, Esté, Printemps,
Vn Medecin pour estre sage
Doit auoir de l'esgard à l'âge,
Ne traitant les enfans morueux
Comme adolescens vigoureux.
De plus, en faisant medecine
Obserue le mal qui domine;
Car l'vn a trop, l'autre a trop peu,
L'vn transsit, l'autre est tout en feu,
On vuide l'vn, on emplit l'autre.
Ainsi, conduisant la peautre,
Et se rendant bien diligent,
On acquiert l'honneur & l'argent.

APHOR. III.

FOL est (ce dit Philosophie)
Quiconque en ses forces se fie,
Quand on croit estre le plus sain
On porte la mort dans son sein;

Boni habitus athletarum ad summū progressi periculosi si in extremo fuerint, non

enim mane-
re poſſunt in
eodem, neq;
quieſcere:
quū vero non
quieſcant,
non amplius
in melius au-
gere poſſunt,
reliquum eſt
igitur, vt de-
cidant in
deterius ob:
has igitur
cauſas bonū
illum habi-
tum quam-
primum ſol-
uere oportet,
quo corpus
rurſus renu-
tritionis ini-
tium ſumat,
neque vero
collapſiones
ad extremū
ducere opor-
tet, periculo-
ſū enim eſt;
ſed qualis eſt
natura eius,
qui perferre
debet, adhoc
ducere con-
uenit : ſimili-
ter autem &
euacuationes
ad extremū
ducentes, pe-
riculoſæ, &
ſurſus refe-
ctiones ad
ſummum pro
greſſæ peri-
culoſæ.

Et gens trop chargez de cuiſine
Sont preſts d'aller voir Proſerpine :
Car le Diable qui point ne dort,
Et ne ſonge qu'à faire tort,
Empeſche qu'humaine nature
En parfait embonpóint ne dure ;
Bon-heur ne peut ſe contenir ;
On le voit tout à coup finir :
L'ordre des choſes veut qu'à l'aiſe
Succede fortune mauuaiſe ;
Tremble (Amy)lors que ton pourpoint
Paroit trop chargé d'embonpoint,
Et de trois ou quatre palettes,
En dépit de porte-lunettes,
Fais toy promptement décharger ;
Apres t'eſtant fait plus leger,
Nature ſage & bien honneſte
Remontera deſſus ſa beſte :
Mais en vuidant l'humeur qui bout
Il ne faut aller juſqu'au bout,
Car trop & peu n'eſt pas meſure :
Que l'on ſe regle à la nature
Comme aux forces du patient :
Ainſi lors qu'à ton eſcient
Souffriras drogues & ſaignées
Que toutes choſes ſoient bornées.

Il faut

Il faut se nourrir doucement,
On gasteroit tout autrement.
L'Italien dit que va sane,
Et va segne qui va piane.

APHOR. IV.

LOrs que maux, soit aigus soit lons,
Affligent jusques aux talons,
En faisant exacte diete,
On met en danger sa barrette,
Et tant plus on est abstinent,
Tant plus on est impertinent:
Qui trop en prend se fait dommage,
Le mediocre est le plus sage.

Tenues &
exactæ diæ-
tæ & in lon-
gis affectio-
nibus semper
& in acutis
in quibus nõ
cõuenit peri-
culosæ sunt,
& rursus vi-
ctus ad ex-
tremam te-
nuitatē pro-
gressi diffi-
ciles sunt, &
refectiones
ad extremū,
progressæ
periculosæ.

APHOR. V.

LE defaut est pis que l'excés,
Il faudroit faire le procés
De ces malades à teint blesme,
Qui jeusnent plus fort qu'en Caresme;
Car il est plus aisé d'oster
D'vn lieu (dit-on) que d'y porter:

In tenui victu
ægri delin-
quentes ma-
gis læduntur,
omne enim
delictū quod
committi po-
terit grauius
cõmittitur in
tehui victu
quam in pau-

B

Io pleniore,
quapropter
etiam in fa-
nis periculo-
fus eſt valdè
tenuis ac
exactus vi-
ctus, quoniã
delicta gra-
uius ferunt.
Ob hoc igi-
tur tenuis &
exactus vi-
ct' periculo-
fus eſt magis,
quam paulo
plenior.

Et quoy que Theſſale en decide,
Il vaut mieux eſtre plein qué vuide;
Bon diſneur eſt touſiours plus ſain
Que Cornaro qui meurt de faim.
Meſſieurs les ſobres ie vous quite,
Je vay voir boüillir la marmite.

APHOR. VI.

Extremis
morbis ex-
trema ad vn-
guem reme-
dia.

A Bon chat (comme on dit) bon rat,
A bon aſſaut meilleur combat:
Ainſi, quand vn mal eſt extreme
Remede doit eſtre de meſme.

APHOR. VII.

Vbi quidam
morbus per-
acutus eſt,
ſtatim extre-
mos habet
labores, &
extreme te-
nuiſſimo vi-
ctu viendum
eſt. Vbi vero
non, ſed ple-
niore victu
vti licet, in
tantum ſub
ducendũ eſt,
in quantum
morbus ex-
tremis mol-
lior fuerit.

Qvand le mal eſt en ſon zenit
Tu treuueras la pie au nid,
Si tu mattes humeur maline
Par male rage de famine:
Mais s'il eſt loin de ſa vigueur,
On ne tiendra tant de rigueur:
Il faut accorder quelque choſe,
Et ne luy tenir bouche cloſe.

APHOR. VIII.

QVand le mal est en son grand feu,
C'est lors qu'il faut nourrir fort peu.

Quùm in vigore est morbus, tunc tenuissimo victu vti licet,

APHOR. IX.

QVe le Medecin conjecture
S'il se peut que malade dure
A gober mousches & boüillons,
Si les iours ne sont point trop lons,
Et s'il aura moyen d'attendre,
Ou s'il ne faudra point se rendre,
Ou si le mal par les chemins
Se rompra le col & les mains.

Simul autem conjicere oportet, an æger ex victu durare possit ad morbi vigorem, & vtrum ille prius deficiet, & ex victu durare non possit, aut morbus prius deficiet ac obtundetur.

APHOR. X.

SI d'abord le mal est extreme,
Il faut d'abord faire Caresme:
Si sa vigueur parest plus tart,
Sur le tard fais petite part.

Quibus igitur statim vigor est, his statim tenuis victus exhibendus est, quibus vero vigor poste-

rius eft, his ad illud, & paulo ante illud tempus fubtrahédus eft, antea vero æger mitiùs victu tractandus eft, quo durare poffit.

Il faut conferuer la nature;
Et pour faire vie qui dure,
Il faut dans le commencement
Nourrir vn peu plus amplement.

APHOR. XI.

In exacerbationibus detrahereoportet: nam apponere noxa eft: & quibus per circuitus exacerbationes fiunt, in exacerbatione detrahere oportet.

*L*ors qu'accez de fiéure bourrelle,
Que la bouche foit damoifelle:
Car fi l'on donnoit à manger,
Cela cauferoit du danger;
Dedans vn mal periodique,
Lors que l'accez ou preffe ou pique;
Pour en venir bien-toft à bout,
Tiens ventre creux, & puis c'eft tout.

APHOR. XII,

Acceffiones vero, & conftitutiones morbi, indicabunt & anni tempora, & circuituum fucceffiua incrémeta, fiue quotidie, fiue alternis, die.

*T*v tireras des connoiffances,
Des accez & des confiftances;
Et découuriras leurs raifons
Par les maux & par les faifons,
Et la façon dont ils retournent
Par l'ordre & le temps qu'ils fejournent;

Et ce sejour trop importun
Est tous les jours ou de deux l'vn.
Mesmes apres deux jours d'absence
Il vient lors que plus on n'y pense.
Item, le mal se reconnoist
Par quelque excrement qui paroist.
Ainsi prompt crachat abbreuie
La pointe de la pleuresie :
Mais quand crachat vient sur le tard,
Et que l'on a toux de regnard,
Le mal en dure dauantage:
Crachat trop gardé fait rauage ;
Par les plus sales excremens
On tire de vrais jugemens
De longueur ou de perfidie,
D'heureuse ou fausse maladie ;
Ainsi doit le sieur Medecin
Visiter vrinal, bassin,
Toucher, taster, regarder langue,
Et dire par brieve harangue
(Sans gens trop en suspens tenir)
A quoy le mal doit deuenir.

bus, siue per maiora interualla fiát.
Sed ex epiphænomenis indicia sumuntur: veluti in morbo laterali si circa initia statim sputum appareat, morbū breuiat: si vero post appareat, producit. Et vrinæ, & alui excrementa, & sudores quicūque apparuerint, vel bonam morborum iudicationem, vel malam, vel breues aut longos morbos fore denunciant.

APHOR. XIII.

Senes facillime inediã ferunt, secundò consistentes, minus adolescétes, omnium minime pueri, & præsertim qui inter ipsos sunt viuidiores.

POur trauailler en homme sage,
Nourris malades selon l'âge,
Car vieillards qui sont pleures-pain
Supportent aisément la faim :
Apres eux l'âge qui decline
Ne ruë trop fort en cuisine :
Mais au contraire jeunes gens
Ont appetit & bonnes dens,
Et la pluspart meschante bourse,
Garçons qui n'aiment que la course,
Et cuisent plus viste que feu,
Ne sçauroient se passer de peu.

APHOR. XIV.

Qui crescũt, habent plurimum calidi innati : plurimo igitur egết aliméto, alioquin corpus absumitur.

CEux qui croissent à tire d'aisle
Sont pleins de chaleur naturelle :
Par ainsi ce feu vehement
Demande beaucoup d'aliment ;
Sinon cendre succede à flame,
Si corps ne nourris, adieu l'ame.

Vieillards sans chaleur & sans dens
Ne sçauroient faire grands despens;
Et si l'on chargeoit trop leur pance,
Ils creueroient par l'abondance.
Si fiévres entrent dans les corps
De ces gens plus des trois quarts morts,
Elles n'auront grande furie:
Ce sont landiers de confrairie,
Plus froids que marbre & que glaçon,
Il n'est rien tel qu'estre garçon,
Quoy que l'on soit plus fort que sage,
Quatorze ans est vn fort bel âge.

Senibus vero parum calidi innati inest: paucis propterea fometis indigent, quare à multis extinguūtur. Hanc etiā ob causam febres senibus non similiter acutæ fiunt; frigidum enim est eorum corpus.

APHOR. XV.

EN Hyver ainsi qu'au Printemps,
Ventres sont chauds, on dort long-temps;
Puisque la chaleur est plus grande,
Plus d'aliment elle demande.
On fait bonne chere & beau feu,
Et l'on se diuertit au jeu;
Tant plus la chaleur est interne,
Moins on veut ventre de lanterne:
Ainsi les enfans & luitteurs
Veulent manger comme faucheurs,

Ventres hyeme & vere natura calidissimi sunt, & somni lōgissimi : quare per ea tēpora alimentā copiosiora sunt exhibēda. Calor eniminnatus, multus: vnde fit vt pluribus egeant alimentis ; indicio sunt ætates , & athletæ.

Autrement ils feront la poule,
Si rien dans leur ventre ne coule.

APHOR. XVI.

Victus humidus febricitátibus conuénit; maxime vero pueris, & iis qui fic viuere confuecuerũt

Toute fièvre rend le corps fec:
Donc il conuient moüiller le bec,
Et nourrir d'aliment liquide
Sans en prefenter de folide,
Sur tout aux enfans tendrelets,
Aufsi-bien qu'aux peres doüillets.

APHOR. XVII.

Et quibus femel, aut bis, aut amplius aſſumendum eſt, conjicere oportet. Cõdonandũ autẽ eſt aliquid tempori, regioni, ætati, & confuetudini.

C'Eſt vn poinct bien fort neceſſaire
De voir à qui l'on a à faire:
Il y faut appliquer fes foins;
Les vns veulent plus, d'autres moins:
A tel nourriture eſt bornée
Pour vn boüillon dans fa journée,
Vn autre aura befoin de deus,
Et quelquefois d'vn couple d'œufs
Pour fubfifter en maladie,
Quoy qu'Hippocrate ne le die.

Je main-

Ie maintiens qu'en faisant ainsi
On aura le cœur moins transi.
Il faut que misericorde
Medecin à malade accorde,
Et se gouuerne de son mieux
Selon le temps, selon les lieux,
Le peuple, l'âge, la coustume:
Cár qui voudroit plein d'amertume
Mettre d'abord yvrongne à l'eau,
Il seroit bien-tost à vau-l'eau;
Et peu de chose demandée,
Par luy dextrement accordée,
Fait que le pauure languissant
En deuient plus obeissant.
Qui patiente & dissimule,
Dure plus long-temps sur sa mule.

Nota *pour* moy.

APHOR. XVIII.

DAns les iours d'Esté l'appetit
Comme en Automne est fort petit:
L'Hyver la chaleur renfermée
Rend personne plus affamée;
Le Printemps a moins de danger
De donner beaucoup à manger:

Æsta.
tumno
difficillime
ferût, facilli-
me hyeme:
deinde vere.

C

C'eſt ainſi que l'on ſe gouuerne,
Selon la bourſe la tauerne.

XIX. ſuprà XI.

APHOR. XX.

Quæ indicá-
tur, & iudi-
cata ſunt in-
tegre, neque
mouenda, he-
que nouanda
medicamẽtis,
aut irritamẽ-
tis, ſed miſſa
faciẽda ſunt.

QVand par criſe mal eſt conclu,
Que Nature a dit ergo glu,
Ne trouble ſon diuin myſtere
Par medecine, par clyſtere:
Ne faut rien mouuoir ou changer,
Iulapiſer, ſaigner, purger:
Laiſſe-la faire, ell' eſt plus ſage
Cent fois que tout l'humain lignage.

APHOR. XXI.

Quæ ducere
oportet, quò
maxime na-
tura vergit
per loca con-
ferentia.

SVis-la pour ne t'égarer point,
Et tout te viendra bien à point:
Obeïs-luy, ne luy reſiſte;
Tiens-luy la main, garde ſa piſte;
Vis auec elle en bon parent,
Sans auoir aucun different.

Gouuerne toy selon sa mode,
Sur tout quand c'est par lieu commode
Que tu la verras décharger,
Fais comm' elle pour l'alleger:
Suis-la, soit à droit, soit à gauche,
Et de son but ne la debauche.

APHOR. XXII.

A My Lecteur (si i'en suis creu)
Tu ne purgeras rien de cru:
Laisse l'humeur cuire à son aise
Auant que la mettre à la chaise,
Sur tout dans le commencement,
Si rut n'est; mais rut rarement
(Quelque chose que quelqu'vn die)
Paroist d'abord en maladie.

Cōcoĉta me-
dicamentis
aggredi o-
portet, & mo-
uere non cru-
da, neque in
principijs, si
non turgeát.
Plurima verò
non turgent.

APHOR. XXIII.

N E t'arreste quand on te dit,
I'ay sorti si souuent du lit
Que ie n'en sçais pas bien le conte
Pour faire ce qui nous fait honte:

Quæ pro-
deunt non
multitudine
æstimare o-
portet, sed
quandiu pro-
deant qualia

C ij

Car en ce cas là quantité
Se prise moins que qualité.
Il faut que l'ennemy déloge
Par le grand chemin de Limoge,
Car talons d'ennemis sont beaux :
Qu'en dites-vous gens de Bordeaux?
Criez, Viue LOVYS AVGVSTE,
Si ne voulez qu'on vous ajuste
Ainsi que vos predecesseurs
Que l'on rendit maigres clocheurs.
I'ay peur qu'on vous donra taloches,
Et que n'aurez, Prestre ny cloches
Si vous ne demandez pardon
A Sire LOVYS DE BOVRBON.
Mais excusez, chez les malades
Bien souuent Medecins maussades,
Pour monstrer qu'ils sont gens d'éclat,
Parlent des affaires d'Estat.
Donc afin qu'en discours ie rentre,
Ie dis que ce qui sort du ventre,
De la bouche, ou bien des nazeaux,
Du cuir, des yeux, ou des vaisseaux,
Ne vaut rien qu'autant qu'il profite.
S'il faut au mal donner la fuite
Iusqu'à defaillance de cœur,
Si le malade a la vigueur,

Faut vuider, & vuider sans hargne,
Autrement joüer de l'épargne,
Car qui trop oste, trop il deut,
Et de plus, qui ne peut, ne peut.

APHOR. XXIV.

DAns vn mal aigu qui commence,
Que de purger on ne s'auance,
Car rarement on y voit lieu.
Purger tranche mieux qu'vn épieu.
Ce chat-là ne se prend sans mouffle,
Bien souuent on y perd le souffle.

In acutis affe-
ctionibus ra-
rò, etiam in
principijs
medicamen-
tis vti opor-
tet: atque hoc
facere dili-
genti prius
æstimatione
facta.

APHOR. XXV.

SI de purgatif ordonné
Excrement conditionné
Du corps du malade fait gile,
On est außi-tost plus agile,
Et l'on guerit en peut de jours:
Mais les choses vont à rebours,
Et de son long, malade on veautre
Si l'on purge vne humeur pour l'autre.

Si qualia o-
portet purga-
ri, purgentur,
confert & fa-
cilè ferunt.
Contrariaui
rò difficult.

C iij

SECTION II.

APHOR. I.

In quo morbo
fomnus la-
borem facit,
mortale : si
verò fomnus
profit, non
lethale.

*ORS que sommeil est turbulent*
Il faut dire adieu le gallant,
Si le sommeil est fauorable,
Il fait grand bien au pauure diable.

APHOR. II.

Vbi fomnus
delirium se-
dat, bonum
est.

QVand malade a cerueau troublé,
Et qu'il va de la vigne au blé:
(Vre seroit mot plus legitime,
Mais aussi blé fait mieux la rime)
Si Morphée auec ses pauots
Fait cesser ces contes fallots,
Le Bourgeois en toute asseurance
Peut crier, Viue bonne France.

APHOR. III.

LE trop veiller ou trop dormir
Fait malade, ou parens gemir.

Somnus, vigilia, vtraque modum excedentia, malum.

APHOR. IV.

QVand le sac est plein faut qu'il creve,
Et quand il est vuide on le leue
De terre vn peu trop promptement :
Ainsi tout excez fait tourment ;
La vie est bien plus asseurée
Alors qu'on la rend moderée.

Non satietas, non fames, neque aliud quidquam bonum est, quod naturæ modum excedat.

APHOR. V.

CEs landores, ces las-d'aller,
Ces fatiguez sans trauailler,
Sont sur le point d'estre malades
S'ils ne se font donner aubades.

Lassitudines spontaneæ denuncians morbos.

APHOR. VI.

Quicunq; aliqua corporis parte dolentes, plerumque dolores non sentiunt, his mens ægrotat.

Lors que raisonnable animal
Est mal & ne sent point son mal,
Concluons que son esprit cloche,
Et qu'il en tient dans la caboche.

APHOR. VII.

Quæ multo tempore attenuantur corpora, lentè reficere oportet : Quæ verò breui, breui.

Quand fiévre aigre comme Maugis
A fait prompt rauage au logis,
Il faut promptement se remettre ;
Et prenant le pied de la lettre,
Ceux qui bruslent à petit feu
Seront restablis peu à peu.

APHOR. VIII.

Si ex morbo cibum capiens quis non fiat validus, significat quòd corpus vberiore

Si lors que mal a fait son terme
Le patient ne deuient ferme,
C'est signe qu'il mange vn peu trop
Et que ses dents vont le galop ;

Mais

Mais si le sobre ne prend force,
Ha besoin que quelque amorce,
Ou petard, bien que purgatif,
Chasse ce qui le rend chetif.

alimento vti-
tur. Si verò
cibum non
accipienti
hoc contin-
gat, nosse o-
portet quòd
euacuatione
opus habet.

APHOR. IX.

Corps que tu voudras rendre habiles,
Et plus souples à faire giles,
Graisse-les comme on fait poulin
Quand on veut entonner le vin;
Poulin graissé fait vin descendre,
Et sans autre accident se rendre
Et conduire dans son entier
Sur son throsne nommé chantier:
Ainsi corps rendu bien fluide,
Fait que malade mieux se vuide.
Quite donc cét ordre nouueau
Qui fait peter cercle & tonneau.

Corpora
quocunque
quis purgare
voluerit, flui-
da facere
oportet.

APHOR. X.

Tant plus on nourrit pance impure,
Et plus on l'accable d'ordure.

Impura
corpora quá-
to plus nu-
tries, tanto
magis lædes.

D

APHOR. XI.

Facilius est
repleri potu,
quàm cibo.

L E boire emplit plus aisément
Que ne fait solide aliment.

APHOR. XII.

Quæ relin-
quuntur in
morbis post
iudicationê,
recidiuam
faciunt.

L Es reliquats des maladies
Qui crise ont eu sont persidies,
Et ces cendres au premier jour
Font apres beau jeu beau retour.

APHOR. XIII.

Quibuscun-
que iudicatio
fit, his nox
grauis ante
exacerbatio-
nem. Quæ
verò sequitur
plerumque
tolerabilior
est.

L A nuict qui precede la crise,
Le mal prés de la corde frise,
On est estonné du batteau
Entre l'enclume & le marteau;
La nuict d'apres en contr'eschange
Apres vn diable amene vn Ange.

APHOR. XIV.

ON est de la mort à couuert,
En vuidant gris, ou jaune, ou vert,
Et la nature est allegée
Bien souuent par selle changée,
Si selle n'est de mal en pis :
Car en ce cas adieu vous dis.

In alui fluxionibus, mutationes egestionum prosunt, si non ad prauas mutentur.

APHOR. XV.

QVand homme (soit Martin, soit George)
A bosse au corps, ou mal en gorge,
Il faut que Docteur Medecin
Visite vrinal & bassin :
Car s'il est parsemé de bile,
Le corps est malade & debile ;
Et de là l'on peut bien juger
Que pour guerir il faut purger :
Mais si la matiere est loüable,
Il vaut mieux tenir bonne table :
Car en ce cas un corps nourri
N'en sera pas si tost pourri.

Vbi fauces ægrotant, aut tubercula in corpore nascuntur, excretiones considerare oportet. Si enim biliosæ fuerint corpus simul ægrotat. Si verò similes sanis fiant, tutum est corpus nutrire.

D ij

APHOR. XVI.

Vbi fames
non oportet
laborare.

Ventre affamé, visage blesme,
(Hieroglyfique de Caresme)
Ne veut souffrir aucun dechet ;
Drogues pour luy sôient au crochet.

APHOR. XVII.

Vbi cibus
præter natu-
ram copio-
sior ingestus
fuerit, mor-
bum facit.
Ostendit au-
tem sanatio.

Qvi mange plus que sa portée,
Et s'engorge à pleine hotée
Comme le bateleur Phagon
Qui se chargeoit plus qu'vn fourgon,
Mangeant & beuuant comme vn diable,
Car souuent à Royale table,
En guise d'vn haran soret,
Il mangeoit sauuage goret,
Cent pains de la Reine ou Gonesse,
(L'Autheur n'en cote pas l'espece)
Vn mouton, vn cochon de laict,
Et s'il beuuoit au triolet :
Pour verre il auoit vne oüillette
Comme s'il eust fait andoüillette.

Je dis donc pour laiſſer à part
Ce phyſetere trop mangeart,
Que qui mange plus que nature
Ne peut porter, mal il endure;
Qu'ainſi ne ſoit, la gueriſon
Vient par jeuſne & par oraiſon,
Et par les ordures vuidées
De ventre, a dents trop débridées.

APHOR. XVIII.

CE qui nourrit toſt ou beaucoup,
Cela ſort auſſi tout à coup.

Eorum quæ
acceruatim &
velociter nu-
triunt, velo-
ces etiam
egeſtiones
fiunt.

APHOR. XIX.

NE juge en maladie aiguë
Trop viſte, de peur qu'on t'arguë;
Tiens les auditeurs en ſuſpens;
Dis pour cinq ſols qu'il eſt dedans,
Et pour cinq ſols qu'il n'y eſt mie
Si veux t'exempter d'infamie.
En ce temps on balance fort
Entre la vie, entre la mort.

Acutorum
morborum
non omnino
tutæ ſunt
prędictiones,
neque mor-
tis, neque ſa-
nitatis.

APHOR. XX.

Quibus dum
iuuenes sunt,
ventres hu-
midi sunt, his
senescentib°
resiccantur.
Quibus verò
dum iuuenes
sunt, ventres
sicci sunt, his
senescenti-
bus hume-
ctantur.

QVand jeune on a le ventre libre,
La vieillesse est d'autre calibre:
Car on est lors si constipé,
Qu'on ne vuide sans recipé.
Quand en jeunesse on plante crottes,
En vieillesse on plante des mottes.

APHOR. XXI.

Eamen vini
potus soluit.

LA faim gale se rompt le cou
Quand de vin doux on boit son sou.

APHOR. XXII.

Quicunque
morbi ex re-
pletione siüt,
euacuatio sa-
nat. Et qui-
cunque ex
euacuatione,
repletio. Et
aliorum con-
trarietas.

AV mal qui vient de plenitude,
Pour guerir dans la rectitude,
Il faut vuider, c'est le vray jeu.
Mal qui vient d'auoir pris trop peu
Obtient sa guerison certaine
En procurant la pance pleine.

Le contraire qui mal produit
Est par son contraire détruit;
Quoy qu'autrement sur ce resoude
Le maudit Suisse haussant le coude,
Que l'Enfer, pays de tisons,
Vomit non trop loin des Grisons,
Pour détruire dame Nature,
Et pour la mettre à la torture,
Arrachant tripes & boyaux
Par ses corrosifs mineraux;
Par antimoine, par salpestre,
Qui n'espargne ny Roy ny Prestre;
Par vitriol, par argent vif,
Qui rime & s'incorpore à suif,
Qui ronge & chansit ses moüelles,
Et fait chanceler les ceruelles:
Son ame sortant de l'Enfer
Presque auec celle de Luther,
Passa par ces diables de mines,
Sur qui dragons font gardes fines,
Et le diable son protecteur,
Qui fut de ses Liures Autheur,
Et de ses elixirs manœuure,
Luy fit ses poisons mettre en œuure:
Sa doctrine eut pour arcboutans
Les Seuerins, les Quercetans,

Eloge de
Paracelse.

Vn Beguin, Semini, la Brosse ;
Aucuns d'eux alloient en carosse,
Estans pour tuer sottes gens,
Beaucoup mieux payez que Sergens
Qui mettent manans à l'aumosne :
Quelques-vns furent sur le throsne
Comme la Riuiere & Turquet,
Qui par hazard, qui par caquet,
Qui par ruses, qui par intrigues,
Par sales mestiers & par brigues ;
Mais Allemans casserent grés
A ce debiteur de secrets.
Salisbourg vit finir ce drole
Plein de haut-mal & de verole,
Plus farcineux qu'vn vieux cheual
Sur le fumier d'vn hospital,
Maugreant sa chienne de vie,
Et mainte autre par luy rauie ;
Il fit pourtant fort belle fin,
Il demanda tousiours du vin ;
Et son poulmon fumé de soulfre
Entonnoit ce jus comme vn gouffre :
C'est ainsi que finissent tous
Bohemes, Operateurs, filous,
Chiromanciens, Astrologues,
Et tireurs d'elixir des drogues,

Faux

Faux monnoyeurs, Comediens,
Donneurs d'auis, Muſiciens,
Vieux ſpeculateurs de Cabale,
Gens à pierre philoſophale :
Il ne reſte à ces vieux barbons
Rien que vent, pouſſiere & charbons,
Et la mort met en éuidence
La fauſſeté de leur ſcience.

APHOR. XXIII.

DES maux aigus termes ſont courts,
Ils jugent en quatorze jours
A la mort ainſi qu'à la vie ;
Vois comment ell'eſt pourſuiuie.

Acuti morbi in quatuordecim diebus iudicantur.

APHOR. XXIV.

FIche auant en ton cabaſſet
Que quart eſt indice du ſept,
Huictieſme eſt pour choſe certaine
Premier iour de l'autre ſemaine ;
L'onzieſme eſt d'importance, car
De l'hebdomade il fait le quart,

Septimæ quarta index eſt Alterius hebdomadæ octaua principium eſt. Conſideranda verò eſt vndecima. Hæc enim quarta eſt ſe-

E

cundæ heb-
domadæ.
Considerant-
rursus de-
ptima.
ipsa enim est
quarta quidé
à decima-
quarta, se-
ptima verò
abundecima.

Et l'auanturier dix-septiesme,
Qui fait le sept apres l'onziesme
Et le quart apres sept fois deux,
Ou bien quatorze si tu veux:
(Baste pourueu que vers s'acheue,
Et que le sens par trop ne greve)
Ergo *dix-sept tient rang d'oignon,*
Marchant poignard sur le roignon.

APHOR. XXV.

Æstiuæ quar-
tanæ plerũ-
que sunt bre-
ues. Autum-
nales verò
longæ, &
maximè quæ
ad hyemem
pertingunt.

EN Esté la fiévre quartaine
Dure peu, quoy que fort mal-saine;
Mais quand feüilles veulent tomber,
Qu'Automne, qui fait succomber,
Produit cette engeance maligne,
Elle tient ma foy comme tigne
Lors que ce diable de Vauuert
Surprend vn peu prés de l'Hyver.

APHOR. XXVI.

Fébrem in
conuulsione
fieri melius
est, quàm

Conuulsion qui tourne lévre
N'a jamais fait de bien à fiévre:

Mais fièvre sur conuulsion
N'est pas mortelle passion.

APHOR. XXVII.

Tout ce qui soulage sans cause
  Ne doit passer pour grande chose :
Il n'y a point là de fiat,
Et si quelque mal nous abbat
Sans qu'on voye cause apparente,
L'affaire est fort indifferente ;
Cela ne doit mettre en souci ;
Tantost la voilà, la voici,
Et cent fois dedans vn quart d'heure
Il change, va, court & demeure.

His quæ non
secundum ra-
tionem le-
uant, non o-
portet cre-
dere, neque
valde timere
ea quæ praua
fiunt præter
rationem.
Pleraque e-
nim ex tali-
bus incon-
stantia sunt,
& non valde
permanere,
neque mora-
ri solent.

APHOR. XXVIII.

Fiévreux qui ne maigrit beaucoup,
  Ou bien qui maigrit tout à coup,
Est en fort mauuaise posture :
L'vn fait craindre que le mal dure,
Et le dernier fait voir à net
Qu'il y a peu d'ancre au cornet.

Febricitan-
tium non om-
nino leuiter
permanere,
& nihil mi-
nui corpus,
aut etiam ma-
gis quàm
pro ratione
colliquari,
malum est.
Illud enim
morbi longi-
tudinem, hoc
verò debili-
tatem signifi-
cat.

APHOR. XXIX.

Incipienti-
bus morbis
si quid mo-
uendum vi-
detur, moue:
vigentibus
verò, quietè
agere melius
est.

AVant que mal prenne racine,
　Pousse d'abord s'il fait la mine,
Et que le fait semble duisant :
S'il ne duit remede est cuisant :
Mais quand le mal est en sa force,
Laisse boüillir moüelle, écorce ;
C'est là qu'il se faut reposer,
Et l'on perd tout pour trop oser.

APHOR. XXX.

Circa prin-
cipia & fines,
omnia debi-
liora sunt.
Circa vigo-
res verò, for-
tiora.

RIuiere est petite en sa source,
　Mais elle s'enfle dans sa course :
Maux petits aux commencemens
Dans leurs cours se font vehemens.

APHOR. XXXI.

Ex ægritudi-
ne bene ci-
bum accipié-
ti, nihil au-
gescere cor-
pus, malum
est.

QVand au sortir de maladie
　De bien manger on s'estudie ;

Et pourtant quoy qu'on mange bien,
Le corps ne profite de rien:
Vieux leuain reste qui tout gaste,
Si de purger on ne se haste.

APHOR. XXXII.

ENtre ceux qui mangent à cœur sou
Sans profiter ny peu ny prou,
Enfin leur appetit s'émousse:
Garde en suite quelque secousse:
Mais ceux qui petit à petit
Du dégoust vont à l'appetit;
Ces gens-là (dit sur sa parole
Hippocrate) font mieux leur roole.

Plerumque omnes malè habentes, ab initio cibum bene capientes, & nihil augescentes, ad finem rursus cibos fastidiunt. At ab initio quidem valde cibum auersantes, postea verò bene cibum capietes, melius liberantur.

APHOR. XXXIII.

AVoir bon cap & bonne dent,
En mal tant soit peu d'accident
Est bon & fauorable signe:
C'est au rebours chose maligne,
Quand esprit ou goust est perdu
L'on court risque d'estre tondu.

In omni morbo valere mente, & bene se habere ad ea quæ exhibentur, bonum, contrarium verò, malum.

E iij

APHOR. XXXIV.

In morbis
minus peri-
clitantur,
quorum na-
turæ, & æta-
ti, & habitui,
& tempori
morbus ma-
gis affinis
fuerit, quàm
hi quibus
non affinis in
aliquo ho-
rum exiſtit.

LE mal donne bien moins de riſque
Quand chacun peut prendre ſa biſque ;
On en tire bien mieux raiſon
S'il eſt conforme à la raiſon,
Au naturel du perſonnage,
A l'habitude, au corps, à l'âge :
Quand cela va tout autrement,
Gare le ſaut de l'Allemant ;
Nature par mal n'eſt dontée
Quand il eſt ſelon ſa portée.

APHOR. XXXV.

In omni
morbo par-
tes circa vm-
bilicum &
pectinem,
craſſitudiné
habere me-
lius eſt. At
vehemés te-
nuitas & eli-
quatio, pra-
ua eſt Peri-
culoſa verò
talis eſt etiã
ad infernas
purgationes.

SI les lieux proches du nombril,
Du petit ventre ou du penil
Ont bonne chair, la choſe eſt nette :
Mais s'ils ſont clauiers d'épinette,
On pourroit eſtre vendangé ;
En ce cas, qu'on ne ſoit purgé.

APHOR. XXXVI.

Qvi be nesta, que non se moue,
Mais se tienne dans son Alcove;
Lors que nous purgeons vn corps sain,
Il fond & defaut au bassin;
Et ceux qui viuent de fourrage
En se purgeant souffrent rauage.

Sana habentes corpora, dum medicamétis purgantur, cito exoluuntur. Itémque qui prauo cibo vtuntur.

APHOR. XXXVII.

Vn corps bien pourueu de santé,
Par remede est souuent gasté.

Quis benè habent corpore, eos operosum est medicamentis purgare.

APHOR. XXXVIII.

Chose qui plaist est tost venduë;
La comparaison est renduë,
Si ie dis que viure ou liqueur,
Quoy que mauuais touchans au cœur,
Valent bien mieux que chose exquise
Qui d'hommes appetit n'aiguise.

Pauló deterior & potus & cibus, verùm iucundior, melioribus quidé, sed iniucúndioribus præferendus est.

APHOR. XXXIX.

Senes iuue-
nibus plerū-
que minus
ægrotant.
Quicumque
verò ipfis
fiūt morbi
diuturni, vt
plurimum
commoriun-
tur.

NOstre Autheur dit que vieilles gens
Ont moins de maux & de Sergens
Que jeuneffe toufiours en fougue.
Qui voudra cherche rime en ou que:
Quand le mal prend fur vieille peau,
Il ne la quite qu'au tombeau.

APHOR. XL.

Raucedines
& grauedi-
nes, in valde
fenibus non
concoquun-
tur.

Vleillard roupieux & qui touffe,
Qui crache, qui fouffle & qui pouffe,
Cette toux jamais ne fe cuit,
Quand mefme il prendroit du bifcuit.

APHOR. XLI.

Qui exolui-
tur fæpe &
fortiter, abf-
que manife-
fta caufa, de
repente mo-
riuntur.

Lors que fans fujet le cœur manque
Tout à coup, dis gare la blanque.

APHOR.

APHOR. XLII.

IL ne faut s'attendre à guerir,
Mais bien se resoudre à mourir,
Quand on est frappé du catherre,
Qui prend comme un coup de tonnerre :
Quand le choc est un peu moins fort,
On est hors de danger de mort.

Sideratio-
nem fortem
quidem sol-
uere, impos-
sibile est :
debilem ve-
rò, non faci-
lè.

APHOR. XLIII.

CEux que l'on pend ou que l'on noye
Sont bien-tost à bout de leur joye :
Si-tost que l'écume parest,
La mort est là dans son coup prest :
Je sçay (Monsieur le Satyrique)
Qu'autrement cét endroit s'explique,
Et que sans gibet & sans eau
Suffoquez sont prés du tombeau ;
Ce qui cause grande amertume
Quand la bouche est pleine d'écume.

Ex his qui
strangulan-
tur, & sub-
merguntur,
nondum au-
tem mortui
sunt, non re-
conualescūt
quibus spu-
ma circa os
fuerit.

APHOR. XLIV.

Craffi admo-
dum fecun-
dum naturâ,
magis cito
moriûntur
quàm graci-
les.

CEs visages trop gros & gras
Font à la mort un bon repas:
On diroit qu'elle fait la mine
A gens peu chargez de cuisine.

APHOR. XLV.

Iuuenibus
comitialibus
liberationê
faciunt mu-
tationes, ma-
ximê ætatis,
& regionum,
& victuum.

DE mal caduc est deliuré
Ieune homme quand il est sevré
De païs, de genre de vie;
Et l'âge mesme remedie
A ce mal estonnant si fort,
Et plus hideux que n'est la mort.

APHOR. XLVI.

Duobus do-
loribus simul
fientibus, nõ
secundum
eundem lo-
cum, vehe-
mentior ob-
scurat alte-
rum.

ALors que deux maux sont au joindre,
Le plus grand efface le moindre;
Et s'ils sont en lieu different,
Le plus petit cede au plus grand.

APHOR. XLVII.

*D*Ans le temps que le pus se forme,
La douleur paroist plus enorme,
Et la fievre rend corps mal fait :
Mais apres qu'vn coup il est fait,
Toutes choses deuiennent calmes,
Nature est à l'ombre des palmes.
Oüy, dame Nature a vaincu,
Et le mal en a dans le cu.

Circa gene-
rationem pu-
ris dolores
& febres ma-
gis contin-
gunt, quàm
facto iam
ipso.

APHOR. XLVIII.

*S*I lors que le corps se remuë
On sent la chair vn peu recruë,
On est moins las se reposant,
On fait beaucoup ne rien faisant.

In corporis
motu, quum
incœperit
dolere, quief-
cere statim,
lassitudinem
eximit.

APHOR. XLIX.

C'Est vn grand Dieu que la coustume,
Trauail se rend sans amertume

Adsueti con-
suetos labo-
res ferre ; e-
tiamsi fuerint

F ij

debiles, aut
senes, non
adſuetis for-
tibus ac in-
uenibus faci-
libus ferunt.

A foibles, vieux, accouſtumez,
Ieunes & forts ſont conſommez,
Dans l'exercice le moins rude,
Et le tout manque d'habitude.

APHOR. L.

Ex multo
tempore cõ-
ſueta, etiamſi
deteriora
fuerint, in-
conſuetis mi-
nus moleſta-
re ſolent. O-
portet igitur
etiam ad in-
conſueta
tranſmuta-
tionem face-
re.

ON *eſt moins foible & moins choqué*
De ce qu'on a fort pratiqué;
Au contraire, choſes nouuelles
Sont auſſi-toſt rudes que belles:
Ainſi, qui s'accouſtume à tout,
De toutes choſes vient à bout.

APHOR. LI.

Multum &
repente eua-
cuare, aut re-
plere, aut ca-
lefacere, aut
frigefacere,
aut omnino
quomodo-
cunque cor-
pus mouere,
periculoſum
eſt. Et omnis
multitudo
nimium con-
traria eſt.
Quod verò

C'*Eſt auoir l'eſprit temeraire,*
Et c'eſt joüer à tout défaire
Que vuider ou remplir beaucoup,
Chauffer, refroidir trop à coup:
Il vaut mieux aller train qui dure;
Tout excez choque la nature.
Quand on marche tout doucement
On marche plus aſſeurément:

Il faut aller de l'vn à l'autre,
Et c'eſt trauailler en Apoſtre.

paulatim fit,
tutum eſt,
tum aliàs,
tum ſi ex al-
tero ad alte-
rum tranſitus
fit.

APHOR. LII.

QVand agiſſant auec raiſon
Mal eſt touſiours à la maiſon,
Il ne faut en ame damnée
Ietter manche apres la coignée,
Et ne changer ſi-toſt d'auis,
Ailleurs heureuſement ſuiuis,
Mais ſe tenir à ſes principes,
Et que l'eſprit ait bonnes grippes.

Omnia ſe-
cundum ra-
tionem fa-
cienti, ſi non
ſecundum ra-
tionem fiant,
non tranſire
oportet ad
aliud, mané-
te eo quod vi-
ſum eſt ab
initio.

APHOR. LIII. Vide ſuprà XX.
Fere idem ſenſus.

APHOR. LIV.

AIeune homme grand corps eſt beau,
Quoy qu'on peut l'appeller grand veau:
Mais grand vieillard eſt incommode;
Petit corps eſt mieux à ſa mode.

In corporis
magnitudine
iuuentutem
quidem de-
gere, libera-
le eſt, & non
indecórum.
Senectutem
verò degere,
inutile, & de-
terius parui-
tate.

F iij

SECTION III.

APHOR. I.

Mutationes temporum maximè pariunt morbos, & in téporibus magnę mutationis frigoris, aut caloris, & reliqua iuxta rationem hoc modo.

QVAND on croit estre bien debout,
Le temps frippier qui tourne tout,
Nous met au lict & nous renuerse
Par Diable de mal qui nous berce:
Et sur tout le chaud & le froit,
Ce dernier prend au bout du doigt
Par sa vilaine barbe grise,
Et l'autre nous met en chemise:
Ces rudes corrupteurs du temps
De nos maux sont les arcboutans.

APHOR. II.

Naturarum aliæ quidem ad æstatem, aliæ verò ad hyemem, bene aut male se habent.

CHaque nature a sa manie,
Et reçoit bien ou tyrannie,

De maladie ou de santé;
Qui de l'Hyver, qui de l'Esté,
Le chaud est à l'vn fauorable,
Il rendra l'autre miserable;
Le froid est commode à quelqu'vn,
A quelqu'autre il est importun.

APHOR. III.

SElon le temps les maladies
Sont qui plus, qui moins engourdies:
Chaque âge est par mesme raison
Bien ou mieux selon la saison,
La region & le regime,
Tout cela va fort bien en rime;
Qu'ainsi ne soit, ieunes gourmans
Se portent mieux chez Allemans
A faire carousses & brindes,
Qu'ils ne feroient pas dans les Indes,
Où chaud les rendroit basannez,
Et noirs ainsi que des damnez:
Au rebours, ie croy qu'vn vieil homme
Se porteroit fort bien à Rome,
Beuuant du lacryma Christi,
Mangeant veau monganne roti

Morborum
alij ad alia
tempora, be-
ne aut male
se habent: &
ætaies quæ-
dam ad tem-
pora, & re-
giones, &
victus.

Non lardé, car là lard est rare,
Et passe pour viande barbare :
Mais, quoy qu'ils disent, les lardons
Quand ils sont bien roux sont bien bons.
Le beurre rend la viande fade,
C'est vn meslange fort maussade.

APHOR. IV.

In tempori-
bus quum ea-
dem die, mo-
do calor, mo-
do frigus fit,
autumnales
morbos ex-
pectare o-
portet.

QVand en vn jour pluye & Soleil,
Froid & chaud nous donnent dans l'œil,
S'il vient mal à quelque personne,
Il tiendra de l'air de l'Automne.

APHOR. V.

Austri audi-
tum grauan-
tes, caligi-
nosi, caput
grauantes,
torpidi, dis-
soluentes.
Quum hic
præualuerit,
talia in mor-
bis patiun-
tur. Si verò
Aquilo fue-
rit, tusses, fau-
ces, alui du-
ræ, vrinæ dif-

A Mon secours noble Scaron,
Plaisant traducteur de Maron,
Qui fais si bien joüer le roole
Aux volans postillons d'Æole ;
De leur regiment ie ne veux
Faire icy monstre que de deux.
De chaud autant de froide bise ;
Ce dernier-là fait mine grise :

Mais

Mais puisqu'en Seigneurs comme en vents
Les premiers marchent les deuants.
Cela se voit mesme entre Apostre :
Parlons du premier deuant l'austre,
C'est à sçauoir de sire Autan,
Qui fait fondre neiges d'antan,
Qui nous rend l'oreille pesante,
La veuë trouble & chancelante,
Et la teste comme du plomb ;
Il engourdit comme leton ;
Quand il souffle, le corps est lâche,
On est sans force, on est gauache ;
Tant que son souffle durera,
Pesanteur en maux regnera :
Lascheté, mollesse, berluë
A l'oüye ainsi qu'à la veuë :
Mais sous le souffle d'Aquilon,
Vent trenchant, fier & felon,
Plus ennemi de vin que d'orge,
Il surprend d'abord à la gorge,
Et fait tousser comme vn renard ;
Le ventre est dur comme vn petard ;
On ne pousse que goute à goute,
Et comme des gens en déroute
D'horreur on est épouuanté.
Item, regnent maux de costé ;

ficultates, horrores, dolores costarûm, pectoris. Quum hic dominatur, talia in morbis expectare oportet.

G

C'est le demon de la poitrine;
Il en a juré la ruïne:
S'il souffle, dis pendant ces jours
Que les maux susdits auront cours.

APHOR. VI.

In the margin:
Quum æstas fit veri similis, sudores in febribus multos expectare oportet.

QVand l'Esté n'est pas trop aride,
  Mais comme le Printemps humide,
Les fiévreux sans prendre manchons,
Suëront ainsi que cochons.

APHOR. VII.

In the margin:
In siccitatibus febres acutæ fiunt, & siquidem annus amplius talis fuerit, qualem constitutionem fecerit, plerūque tales etiam morbos expectare oportet.

EN temps sec fiévres sont aiguës,
  Mais elles ne sont pas si druës:
Selon que l'an se portera,
Bien ou mal on se trouuerra.

APHOR. VIII.

In the margin:
In constantibus temporibus, si tempestiuè tem-

SI les saisons sont bien reglées,
  Bien bridées & bien sanglées,

Que chaque chose vienne à temps,
Les maux seront doux & constans:
La cloche alors rarement sonne;
Mais les ans qui sont tout Automne,
Qui ne sont reglez comme il faut,
Qu'il fasse ores froid, ores chaud,
Alors tout est à l'auanture,
Maux sont de mauuaise nature.

æstiua'red-
dantur, mor-
bi constantes
& indicatu
facilimisiunt.
In inconstan-
tibus autem
inconstantes,
& qui diffi-
culter indi-
cantur.

APHOR. IX.

L'Automne est vn porte-flambeau,
Ou plustost vn traine-tombeau.
Au Printemps tout est fauorable,
Mal est moins dur, & moins durable.

In autumno
morbi acutis-
simi, & om-
nino morti-
feri. Ver au-
tem saluber-
rimum & mi-
nimè lethale.

APHOR. X.

L'Automne sur tout n'est pas bon
A ceux qui crachent le poulmon.

Autumnus
tabidis ma-
lus.

APHOR. XI.

De tempori-
bus, siqui-
dem hyems
sicca & aqui-
lonaris fue-
rit, Ver au-
tem pluuio-
sum & austra-
le, necesse est
ætate febres
acutas, & lip-
pitudines, &
dysenterias
fieri, maximè
mulieribus, &
& viris natu-
ra humidio-
ribus.

EN Hyver si la bize tire,
Et que Printemps qui suit n'expire,
Que pluye & que vent de Midi,
Vent qui rend le corps engourdi,
En Esté l'on verra parestre
Fièvres chaudes comme salpestre,
Les yeux d'écarlate bordez,
Et ventres par sang débandez,
Sur tout aux natures douillettes
D'hommes comme de femmelettes.

APHOR. XII.

Si verò hyés
austraiis, &
pluuiosa, ac
clemens siat,
Ver autem
siceum &
aquilonare,
mulieresqui-
dem quibus
partus ad ver
instat, ex om-
ni occasione
abortiunt
Quæ verò
pariunt, im-

SI ces vents soufflent au rebours,
Qu'en Hyver sous les petits jours
Vent de Midi souffle la pluye
Au lieu d'exprimer la roupie,
Et qu'il fasse contre raison
Temps doux en la froide saison,
Et que le Printemps au contraire,
Soit rude, sec, Aquilonaire;

Femmes lors prestes d'accoucher
N'oseroient tousser ou cracher,
Sauter ou se mettre en cholere,
Sans chanter vn lere-lan-lere;
Auant temps aux moindres efforts
Leurs pauures fruits font haut-le-corps;
Et quand mesme ils viendroient à termes,
Ils seront mal-sains & peu fermes,
Et de ces malheureux, les jours
Seront fort mauuais & fort courts;
Ainsi n'auront droit de hoirie,
D'autres auront dysenterie,
(Qui ne sera, Passe sans flus)
Chassie à l'œil sans rendre pus;
Les vieillards auront des catherres,
Qui plus pressans que ces tonnerres
Qui font peur à tout bon Chrestien,
Les font mourir en moins de rien.

potentes ac
morbosos
pueros pa-
riunt, ita vt
autstatim pe-
reant, aut te-
nues ac mor-
bosi viuant.
Aliis autem
dysenteriæ,
& lippitudi-
nes siccæ fiũt.
Senioribus
verò deflu-
xiones breui
perimentes.

APHOR. XIII.

EN Esté sec & plein de hale,
Froid comme le pays de Gale,
Et qu'en Automne qui le suit
Regne pluye, & vent d'Autan bruit;

Si verò æstas
sicca fiat &
aquilonaris:
Autumnus
autem plu-
uiosus & au-
stralis, capitis
dolores ad

G iij

hyemen fiāt, & tuſſes, & raucedines ac grauedines: quibuſdam etiamtabes.

Quand année Hyuer viendra clorre,
On verra tout à coup éclorre
Maux de teſte, maudites toux,
Rhumes ſalez, qui rien de doux
Ne verſeront en la poitrine,
Mais humeur mordante & chagrine,
Qui ronge comme vn Ichneumon
Ce crocodile de poûmon.

APHOR. XIV.

Si verò aquilo aris & aquarum exers autumnus fuerit, his quidem qui humidas naturas habént, & mulieribuscommodus erit. Reliquis verò fient lippitudinesſiccæ, & febresacutæ, & grauedines. Quibuſdam verò etiam atræ biles.

SI l'Automne eſt ſec & ſans pluye,
(Hors paſſé trois iours pluye ennuye)
Si l'Automne eſt ſans pluye & ſec,
Hippocrate nous dit en Grec
Qu'il eſt fauorable aux Eunuques,
A gens mols, à groſſes perruques,
Ainſi qu'au ſexe feminin ;
(Sexe doux, aimable & benin
Quand il a tout ce qu'il demande,
Autrement ſa douceur n'eſt grande.)
Cecy n'eſt couché dans l'Autheur,
C'eſt voſtre petit ſeruiteur
Qui l'a mis pour donner le change ;
Seigneur ne le trouuez eſtrange.

Donc en cet Automne sans eau,
Qui sera ce semble assez beau,
Yeux on verra bordez de rouge
Comme cotillons d'vne gouge,
Mais rouge sans humidité;
Fiéures chaudes comme en Esté,
Defluxions sur la poitrine,
Qui feront faire maigre mine;
Humeur noire comme charbons
Mettra quelques-vns hors des gons.

APHOR. XV.

Voy qu'on puisse dire au contraire,
Vn temps sec est plus salutaire,
Et plus commode à la santé
Qu'vn temps qui fait tousiours crotté:
En temps de pluye tout se gaste,
La mort vient lors plus à la haste:
Vent de Nort est moins estourdi
Et mortel que vent de Midi.

Ex anni verò
constitutio-
nibus, in sum-
ma siccitates
pluuiosis sa-
lubriores sũt,
& minus le-
thales.

APHOR. XVI.

Morbi in pluuiofis quidem plerunque fiunt, febres longæ, & aluifluxiones, & putredines, & comitiales, & fiderationes, & anginæ. In ficcitatibus verò, tabes, lippitudines, arthritides, vrinæ ftillicidia, & dyfenteriæ.

Voicy les maux dont nous menace
L'Almanach alors qu'il pleuuaſſe.
Fiéures à peine prennent fin,
On eſt touſiours ſur le baſſin,
On eſt confit en pourriture,
Il faut dire, adieu la voiture;
L'apoplexie & le haut-mal
Accablent le noble animal,
Gorge par fiere ſquinancie
En temps de pluye eſt racourcie:
Mais chaque choſe a ſon defaut.
Si ſec dure plus qu'il ne faut,
Suruient aux vns maigre phtiſie,
Mortelle comme l'hereſie;
D'yeux en compoſte tous machez,
Et comme au beurre noir pochez;
Aux vns on oit crier la goutte,
Les autres piſſent goutte à goutte;
Leur vrine tient comme glus;
D'autres de ſang ont triſte flus.

APHOR. XVII.

APHOR. XVII.

QVand le vent de Nord nous haleine,
On a grande & ferme bedaine :
On est alaigre, frais, dispos,
Teint est de la couleur des pots :
Id est, vermeil comme vne guigne,
L'oreille est prompte & point chagrine,
On est propre, on n'est point morveux,
Le ventre est vn peu paresseux :
Ce vent rend la veuë vn peu tendre,
Par conserues faut la defendre :
Mais ceux qui ont foible thorax,
Et moins boüillant que sire Ajax,
Tremblent dedans leur calebace,
Quand Nord sous leurs fenestres passe :
Au rebours le vent de Midi
Nous rend tout le corps engourdi,
Lâches comme poules moüillées,
Oreilles tousiours embroüillées,
Testes molles comme à cagots,
Et nous remplit de vertigots,
Comme vn pourceau l'on se veautre,
On ne peut mettre vn pied sur l'autre,

H

Quotidianæ verò constitutiones, aquilonares quidem corpora compingunt, & robusta, & ad motum idonea, & bene colorata, & melius audientia faciunt, & ventres resiccant, & oculos mordent & si circa thoracem aliquis dolor prius est, magis affligunt. Australes autem corpora dissoluunt, & humectant : & grauem auditum, ac capitis grauitatem, & vertigines faciunt. In oculis autem & corporibus ægrum motum, & ventres humectant.

On ne marche qu'à reculons,
Les yeux font clairs comme talons,
On joüe à la cligne-muffette,
Main eft toufiours à l'aiguillette.

APHOR. XVIII.

Secundum
tempora vere
quidé & pri-
ma æftate,
pueri, & qui
his ætate co-
hærent, opti-
mè degunt,&
maximè fani
funt. Æftate
verò & au-
tumno ali-
quandiu, fe-
nes. Reliquo
autumno &
hyeme, me-
diam ætatem
habentes.

CE n'eft pas qu'en toute faifon
Maux ne nous viennent à foifon,
Depuis que boëte de Pandore
Charma feminine pecore :
Mais en quelque temps quelques-vns
Sont frequens & plus importuns :
Monfieur le Temps écrit, efface,
Et fon tamis paffe & repaffe.

APHOR. XIX.

Morbi om-
nes quidem
in omnibus
temporibus
fiunt. Quidã
tamen magis
in quibufdam
ipforum, &
fiunt & exa-
gerbantur.

LE Printemps eft propre aux garçons,
On y rit, on danfe aux chanfons,
Filles ont gorge découuerte,
Et fe donnent la cotte verte :
Les vieillards au fonds de l'Efté
Sont affez bien dans leur fanté ;

Car en ce temps leur pituite
Par le chaud se rend vn peu cuite,
Et jusques à l'Automne aussi
Ils se portent touçy, couçy:
Mais ceux qui sont de moyen âge:
En Automne ont de l'auantage,
L'hyuer rabbat vn peu les coups,
Et les ardeurs des ieunes fous.

APHOR. XX.

AV Printemps quand feve est fleurie
L'vn est fou, l'autre est en furie;
On en voit tomber du haut mal,
Et le sang sort de son canal;
Trousse-galans sont en campagne,
Qui font que gorge fait la caigne,
Coqueluche, enrhumeure, toux
Tout ainsi qu'à crieurs de loups,
Nous engraissent la chanterelle.
Plus, feu Sainct Antoine, gratelle
Tac, cirons, bosses, clous & fis
En ce temps nous rendent beaux fils;
Et pour surcrest vient Dame goutte,
Où l'on croit que ne voyons goutte.

Vere insaniæ,
& atræ biles,
& comitiales,
& sanguinis
fluxiones, &
anginæ, &
grauedines,
&raucedines,
& tusses, &
lepræ, & im-
petigines, &
vitiligines,&
pustulæ vlce-
rosæ pluri-
mæ, & tuber-
cula, & mor-
bus articula-
ris.

H ij

APHOR. XXI.

Æstate verò
& quidam ex
his, & febres
continuæ, &
ardentes, &
tertianæ plu-
rimæ, & quar-
tanæ, & vo-
mitus, &
alui proflu-
uia, & lippi-
tudines, &
aurium dolo-
res, & oris
exulceratio-
nes, & puden-
dorum pu-
tredines, &
papulæ, su-
dorosæ.

EN Esté l'humain animal
Va souuent de fievre en chaud-mal ;
Quelques-vns de ces maux ont vogue,
Et s'attaquent mesme au plus rogue.
Fievres chaudes joüent leur jeu,
Qui mettent teste & ventre en feu ;
Fievres tierces, fievres quartaines,
Dégobillemens, pretentaines,
Chaßies aux yeux, tintoüins,
Maux d'oreilles, maux de groüins,
Chancres en bouche, mal de gorge,
Et pourriture à maistre George,
Et le chaud qui fond tout en eau,
Esleue bouffles sur la peau.

APHOR. XXII.

Autumno au-
tem & ex
æstiuis mul-
ti, & febres
quartanæ, &
erroneæ, &
splenes, & hy-
dropes, & ta-

L'Automne qui rend feüille terue,
Maux venus en Esté conserue,
Fiévres quartes sont à foison,
Fievres sans rime ny raison,

Groſſes rattes, hydropiſies,
Maigres & puantes phtiſies,
Piſſotiere qui ne va droit,
Et par ſale & vilain endroit,
Viande ſort qui n'eſt digerée,
Flux de ſang, cuiſſe retirée,
Mal de gorge, Aſtme dit ahan,
Miſerere, mal de Sainct Ian,
Marriſſons & melancholie,
Qui conduiſent à la folie.

bes, & vrinæ
ſtillicidia, &
inteſtinorum
læuitates, &
dyſenteriæ,&
coxendices,
& anginæ, &
anhelatio-
nes,& volu-
li,& comitia-
les,& inſanie,
& atræ biles.

APHOR. XXIII.

L'Hyuer tout chargé de glaçons,
Plein de frimats & de friſſons,
Entraine auec ſoy pleureſies
Et rouges peripneumonies.
Gens ſont comme renards fumez,
Touſſeux, roupieux, enrhumez,
Mal de coſté, mal de poitrine,
Mal de lombes, ideſt d'eſchine;
Maux de teſte font tempeſter,
Et verſigots piroüeter:
Et pour finir la prophetie,
En Hyuer regne apoplexie.

Hyeme verò
pleuritides,
peripneumo-
niæ,grauedi-
nes, rauced[i]-
nes, tuſſes,
dolores pe-
ctorum, late-
rum ac lum-
borum, capi-
tis dolores,
vertigines,
ſiderationes.

APHOR. XXIV.

In ætatibus
autem talia
contingunt,
paruis ac re-
cens natis
pueris ferui-
da oris vlce-
ra, vomitus,
tusses, vigiliæ,
tumores, vm-
bilici inflam-
mationes, au-
riumhumidi-
tates.

MAis l'homme, fragile vaisseau,
Souffre du mal dés le berceau.
A peine a-t'il ouuert la bouche
Qu'aussi-tost le chancre la touche :
Il vomit, il tousse, il a peur,
Il ne dort manque de vapeur,
Ou par excés de vapeur seiche,
Feu prend à sa petite meche,
Sans compter maux que fait le Juif,
Oreilles sont pleines de suif.

APHOR. XXV.

Ad dentitio-
nem verò ac-
cedentibus,
gingiuarum
pruritus, fe-
bres, conuul-
siones, alui
profluuia, &
maximè vbi
dentes cani-
nos produ-
cunt, tum
crassissimis
pueris, tum
his qui duros
ventres ha-
bent.

APres dans le temps qu'on le berce,
Et que la premiere dent perce,
Genciues ont chaudes cuisons,
Ils souffrent fieures & frissons,
Teste & bras deuant & derriere
Sont entors d'estrange maniere :
A plusieurs ventre n'est pas net
Il est coulant comme à Quenet,

Sur tout lors que la dent canine
Sort aux plus chargez de cuisine,
Et de qui le vent est plus dur
Que ciment qui soustient le mur.

APHOR. XXVI.

SOnt-ils sevrez, cette marastre,
A nous mal faire acariastre,
Nature nous traite en champis,
Et nous iette de mal en pis,
Par oripeaux, par males-bosses,
Par espaules faites en crosses,
Par vers ronds qui sortent du cul,
Par courte haleine, par calcul,
Par vermisseaux dits ascarides,
Par verruës qui font cent rides,
Par maux prés d'oreilles venus
Faits comme à Satyre cornus,
Par miserables écroüelles,
Qui rongent jusques aux moüelles,
Qu'on tasche de guerir en vain
Qu'en appliquant royale main:
Enfin de maux vne chiourme,
Vient aux enfans qui iettent gourme,

Senioribus autem fientibus, tonsillæ, verticuli in occipitio intro, luxationes, anhelationes, calculorum generationes, lumbrici rotundi, ascarides, verrucæ, tumores glandularum circa aures oblongi, satyriasmi appellati, strumæ, & alia tubercula, maximè verò prædicta.

Cloux, & d'autres maux caufans cris,
Mais fur tout ceux que i'ay décrits.

APHOR. XXVII.

Adhuc verò fenioribus, & ad puberta-tem acceden-tibus,pleraq; ex his, & fe-bres diutur-næ magis, & ex naribus fanguinis flu-xiones.

Lors que poil commence de poindre,
Que mafle femelle peut ioindre,
L'âge ny la fuite des ans
De ces maux ne les font exempts:
Mais de plus à pleine denrée,
Ils ont des fievres de durée:
Le fang qui bout dans leurs vaiffeaux
Sort par defpit de leurs nazeaux.

APHOR. XXVIII.

Plurimæ verò affectiones pueris iudi-cantur , par-tim in qua-draginta die-bus , partim in feptem mé-fibus, partim in feptem an-nis , partim ad puberta-tem acceden-tibus. Quæ verò permá-

Ce n'eft pas qu'en nature ferme,
Ces maux d'enfans ne prennent terme,
Ils font tantoft longs, tantoft cours,
Les vns font de quarante iours,
Les courfes des vns font bornées
Par fept mois, ou par fept années,
Pour le plus tard le mal refout
Quand le poil pique, ou le fang bout,

A cette

A cét âge où Nature pousse
Fleur & fruit, bouton, germe, mousse:
Mais s'il arriue par malheur
Que ces maux, malgré la chaleur,
Qui nous soûtient & nous rhabille,
Et que soit ou garçon ou fille,
Mal ne les quitte à poil follet,
Ou quand le sang d'où vient le laict
Fait florés, on aura beau faire,
On n'est pas prest de s'en défaire.

serint pue-
ris affe-
ctiones, &
non exolutæ
fuerint circa
pubertatem,
aut femellis
circa mêstum
eruptiones,
diuturnæ fie-
ri solent.

APHOR. XXIX.

IEunesse trop forte à passer
Veut frapper l'vn, l'autre pousser,
Bat paué, hante la tauerne,
Et marche la nuict sans lanterne;
Ce qui leur fait cracher du sang
Qui sort comme l'eau d'vn estang
Auquel on a leué la bonde;
C'est le chemin de l'autre monde,
Pays où goute l'on ne voit;
Car sang-craché meine tout droit
Au logis de Dame Phthisie;
Plus ieunes gens ont phrenesie,

Iuuenibus
autem san-
guinis spui-
tiones, tabes,
febres acutæ,
comitiales, &
alij morbi,
maximè verò
prædicti.

I

Fievres si pleines de chaleurs
Qu'elles font crier aux voleurs :
Et par leur frequente débauche,
Beuuans soit à droit, soit à gauche,
Vin pur, & point bridé par l'eau,
Ils s'affoiblissent le cerueau,
Qui fait paroistre epilepsie,
Dont d'abord la veuë est transie,

Digression de la verole. En ce temps maux n'estoient venus
Par l'astre malin de Venus,
Fille de mer, fruict de l'écume,
Qui remplit moüelles d'amertume,
Qu'Espagnols hardis à ramer
Nous apporterent d'outre-mer,
Et firent par là grande noise
A braue Nation Françoise :
Ils l'appellerent mal Francés,
Cela fit venir vn procés,
Et Chrestienté mit en pique,
Aucuns le nommoient Italique,
Parce que Naples vit premier
Mal qui reduit sur le fumier :
D'autres l'ont baptisé d'Espagne,
Quelques-vns l'ont crû d'Allemagne,
Ce mal plus fier que Gassion,
Attaque toute Nation,

Et souuent quand on remedie
On empire la maladie,
Sans de sueurs faire greuer,
Le plus seur c'est de bien baüer,
S'y preparant par les saignées,
Ptisanes en bains ordonnées ;
Ce que fait, faut prendre argent vif,
En parfum, en emplastre, ou suif :
Mais sur tout n'en prends par la bouche,
Cela feroit deuenir souche,
Paralytique, tremblotant,
Hebeté, pasle, sanglotant :
Ce Lion tuë enfin son Maistre,
Il vaut bien mieux l'enuoyer paistre :
Enfin, ieunes hommes brutaux,
Sont bien sujets à d'autres maux :
Mais ceux-là sont plus ordinaires,
S'ils n'ont pas soin de leurs affaires.

APHOR. XXX.

TRente & cinq ans sont-ils passez,
   Ils ont des maux encor assez,
Comme celui dit courte haleine,
Mal de costé leur donne peine :

His verò qui
hanc ætatem
excesserunt,
anhelatio-
nes, pleuriti-
des, perip-
neumoniæ,
lethargi,

I ij

phrenitides,
febres arden-
tes, alui pro-
fluuia diu-
turna, bilis
furfum ac
deorfum ef-
fufiones, dy-
fenteriæ, in-
teftinorum
lcuitates, hæ-
morrhoides.

Et cét idole de Moloch
Ne cede à fyrop ny à loch,
Poûmon enflammé rougit ioüe,
Ils font trifte & vilaine moüe,
Quelquefois ils font endormis,
Prefts à quitter leurs bons amis :
Les vns deuiennent phrenetiques,
D'autres ont fievres ignifiques
Les vns laiffent aller par tout,
D'autres de l'vn à l'autre bout,
Vuident humeur dite cholere,
Qui fait pis que lere lanlere,
Ny foldat deuant Lerida,
D'où maint Caualier deboita :
Item, *ils ont dyfenterie,*
Et la foible lienterie,
Mal de Sainct Fiacre, qui par fois,
Au ponant fait porter les doigts.

APHOR. XXXII.

Senibus au-
tem fpirandi
difficultates,
& defluxio-
nes cum raff,
vrinæ ftillici-
diâ, vrinæ
difficultates,
articulorum
doloies, ne-
phtitides,

MAis *pour couronner nos miferes,*
Les vieillards qui font pauures heres,
Ont la courte haleine & la toux :
De plus ils font fujets aux poux,
S'ils ne prennent chemifes blanches,
Plus fouuent que tous les Dimanches,

(Quoy qu'Hippocrate ne l'ait mis,
De le mettre il nous est permis:
Car cela son sens point ne choque,
Ainsi que qui voudra s'en moque)
Ils ne peuuent pisser à point,
Et souuent ils ne pissent point:
Ils ont & goutte & nephretique,
Et tout plein d'autres maux en ique:
Les ceruelles de ces vieux Gots
Sont sujettes aux vertigots
Aussi bien qu'à l'apoplexie,
A la fascheuse cachexie,
D'hydropisie le fourrier,
Qui les rend bas comme bourrier.
Apres, tout le corps leur demange,
Ils dorment comme vn mauuais Ange,
Ils sont du ventre mal menez,
Chassie à l'œil, roupie au nez,
Ils ne peuuent voir sans lunette,
Et leur veuë encor n'est pas nette:
L'œil est couuert d'vn vilain bleu,
Ils ne partent d'auprés du feu:
Ils grondent apres leurs seruantes
Ils ont les oreilles pesantes:
Vois Lecteur, si l'homme a dequoy
Se tenir sur son quant à moy.

vertigines,
siderationes,
malihabitus,
pruritus to-
tius corporis,
vigiliæ, alui,
oculorum, &
narium hu-
miditates, vi-
sus hebetu-
dines, glau-
cedines, au-
ditus graui-
tates.

I iij

SECTION IV.

APHOR. I.

Praegnantes medicamentis purgare oportet, si turget humor, quarto mense, & vsque ad septimum Minus verò has. Iuniores autem & seniores fœtus vereri oportet.

SI tu veux purger femme enceinte,
Et qu'humeur qui bout met en crainte,
Et mere & fruit tout à la fois,
Purge la de quatre à sept mois,
A sept fois vn peu plus timide:
Mais dans les derniers mois ne vuide:
Aux premiers ce n'est qu'vn crachat
Que la moindre secousse abbat:
Aux derniers troublant la Nature,
Tu mettrois tout à l'auanture:
Vn fruit verd tient comme ciment,
On le secoüe impunément.

APHOR. II.

In medicamentorum vsu, talia ex corpore du-

QVand tu donneras medecine,
Si tu vois qu'humeur qui domine,

Sorte en compere ou en ami,
Fais pont d'or à cét ennemi :
Mais si mal par drogue ne s'oste,
Tu contes alors sans ton hoste :
Il faut bien mieux le retenir,
Que de le laisser trop venir.

III. suprà Lib. I.

cere oportet,
qualia etiam
sponte pro-
deuntia com-
moda sunt.
Contrario
autem modo
prodeuntia,
sedare.

APHOR. IV.

CHaque saison porte sa mode
De purger plus ou moins commode :
En Esté quand regne le chaut
Il fait meilleur purger par haut :
Et dans l'Hyuer apres vendanges,
Par bas meilleures sont vuidanges.

Medicamen-
tis purgare
oportet æsta-
te quidem su-
periores ma-
gis : hyeme
verò inferio-
res.

APHOR. V.

QVand le Chien grille les moissons,
Et seiche l'auge des maçons,
Medecine au corps est salpestre,
Elle donne pratique au Prestre.

Sub cane,
& ante ca-
nem, operosæ
sunt medica-
mentorum
purgationes

APHOR. VI.

Graciles, &
facile vomé-
tes, furfum
purgare o-
portet, vitan-
tes hyemem.

G Ens fecs comme l'arbre maudit,
A qui cœur aisément bondit,
Peuuent mieux porter l'emetique
Dont vn peu chienne est la pratique:
Car chiens, ce dit-on, aisément
Font & refont vomiffement:
Mais l'Hyuer par haut rien n'arrache,
Bon homme alors, garde ta vache.

APHOR. VII.

Difficulter
vomentes, &
moderate
carnofos,
deorfum, vi-
tantes æfta-
tem.

M Ais ceux de qui le cœur est bon,
Et qui ne leur fait point fauxbon,
Qui mangeroient toutes leurs nippes
Sans par haut defcharger les trippes:
Ces gens qui font vn peu graffets,
Supporteroient mieux vn procez,
Fuft-il mefme intenté par Moine,
Que doze de vin, d'antimoine:
Il les faut purger par le bas,
Mais fur tout ne les purge pas

Haut

Haut ou bas quand la Canicule
Flambe au Ciel sous le Pere Iule.

APHOR. VIII.

TV *seras pire qu'vn Demon,*
  Si ceux qui crachent le poûmon
Sont par toy traitez d'emetique,
Cependant c'est vne pratique,
Qui dans ce siecle regne assez
Pour augmenter les trespassez.

Tabescentes
autem, vitan-
tes superio-
res.

APHOR. IX.

PVrge *bourrus qui font des crottes*
  Aussi dures que vieilles bottes,
Faites d'vn cuir tout desseché,
Que graisse n'a iamais touché,
Et purge les par le derriere
D'vne ferme & forte maniere,
Gouuerne-toy selon les mœurs,
Le temperament, les humeurs:
Gueris, appliquant le contraire,
C'est là le fort de ton affaire.

Attabiliarios
verò plenius
inferiore. Ea-
dem ratione
contraria ap-
ponens,

K

APHOR. X.

Purgare o-
portet in val-
de acutis, si
humor tur-
get, eadem
die. Morari
enim in tali-
bus malum
est.

Qvand le mal presse, & que la mort
Attaque l'homme dans son fort,
Et qu'elle agit auec furie,
Dresse vne ferme batterie,
Procure hardiment le détour
En purgeant dés le mesme iour,
Presse, pousse, détourne, hazarde,
Et de la chasser ne retarde;
Car quand le mal a le dessus
Nous n'y pouuons estre receus.

APHOR. XI.

Quibus tor-
mina & circa
vmbilicum
dolores, &
lumborum
dolor, quin-
que à medi-
camento, ne-
que aliàs sol-
uitur, in hy-
dropem sic-
cum firmatur.

Qvand ventre bruit comme vn tonnerre,
Que reins & nombril souffrent guerre,
Qui ne veulent pas desloger,
Ny pour guerir, ny pour purger,
Dis que venteuse hydropisie
Aura tost droit de bourgeoisie.

APHOR. XII.

NE purge en Hyuer par le haut
Ceux dont le ventre a ce defaut
Qu'on appelle lienterie,
Cela met gens à la voirie.

Quibus alui
intestinorum
læuitate affe-
cti, eos hye-
me sursum
purgare ma-
lum est.

APHOR. XIII.

QV and tu donneras l'emetic,
De peur qu'il ne cause le tic
A ceux qui n'ont ferme bedaine,
Et qui ne vomissent qu'à peine,
Il faudra quelques jours deuant
Qu'ils ne soient pas nourris de vent,
Mais par repos & bonne chere
Prepare-les à cette affaire.

Ad veratrum,
his qui non
facilè sursum
purgantur,
ante potio-
nem corpora,
humectare
oportet, am-
pliore cibo
ac quiete.

APHOR. XIV.

SI quelqu'vn ellebore a bû,
De crainte qu'il n'en soit forbu,

Vbi biberit
quis vera-
trum, ad mo-
tus quidem

K ij

corporum
magis ducere
op rtet. ad
fomnos au-
tem & quie-
tem minus.
Declarat au-
tem nauiga-
tio, quod
motuscorpo-
ra turbat.

Dis luy fur tout qu'il fe pourmeine:
Repos là n'eft chofe certaine,
Et dormir il ne feroit fain
Ayant l'ennemi dans fon fein:
Il faut que mouuement le chaffe.
Quand on deuroit faire grimace,
Comme font en prenant les eaux
Damoifelles & Damoifeaux:
Et pour preuue que l'exercice
A purger le corps eft propice,
Va te mettre dans vn batteau,
Et tu verras vn ieu fort beau:
Tu rendras tout iufques aux tripes
Comme font trop faoules guenipes.

APHOR. XV.

Vbi volueris
magis ducere
veratrum,
corpus moueto Vbi ve-
rò fiftere,
fomnum fa-
cito & ne
moueto.

SI tu veux hâter purgatif,
A t'exercer ne fois retif;
Si tu defires qu'il s'arrefte,
Repofe tes pieds & ta tefte.

APHOR. XVI.

ELlebore est fort dangereux
De corps fermes & vigoureux,
Car ne rencontrant dequoy mordre
Il fait teste, mains & pieds tordre.

* Veratrum pe-
riculosum est
sanas carnes
habentibus.
Conuulsio-
nem enim in-
ducit.

APHOR. XVII.

SI le dégoust & mal de cœur,
Vertige qui jette vapeur,
Dont les objets paroissent doubles,
Et d'où les yeux se rendent troubles,
Bouche amere comme poison,
Viennent sans chaude exhalaison,
Qu'en bon François on nomme fievre,
Qui fait d'abord trembler en liévre,
Et fait tenir le coin du feu,
La bile alors monstre son jeu;
L'estomach par tout en regorge,
Il la faut chasser par la gorge;
On ne doit pas estre retif
A presenter le vomitif.

Sine febre
existenti cibi
fastidium, &
oris ventri-
culi morsus,
& vertigo, &
os amares-
cens, medica-
mento sur-
sum purgante
opus habere
significat.

Mais que ce soit sans antimoine; car Hippocrate n'estoit
ny Empoisonneur, ny Charlatan, ny Chymiste.

K iij

APHOR. XVIII.

Dolores supra septum transuersum, qui purgatione opus habent, sursum vtilius purgatione indigere significant, qui verò infra, deorsum.

MAux, qui sont au dessus des costes
Requierent purgations hautes,
Maux qui pressent les pays bas,
Veulent qu'on purge par en-bas.

APHOR. XIX.

Qui in medicamentorum potionibus, dum purgantur, non sitiunt, non cessant priusquam sitierint.

LEs purgés que la soif ne presse,
Ont soif auant que l'effet cesse,
Car tout remede laxatif
Est plus ou moins desiccatif,
Ainsi si nous le voulons croire,
Il nous donne desir de boire.

APHOR. XX.

Non febrientibus si fiat tormen, & genuum grauitas, & lumborum dolor, deorsum me-

BRuits de ventre, genoux pesans,
Sans fiévres & lombes cuisans,
Sont des preuues que le bas ventre
A besoin qu'on purge son centre,

Ou faute d'oster ces humeurs,
Il y naistroit quelques tumeurs.

APHOR. XXII.

APHOR. XXI.

Si par bas sortent humeurs noires,
Ainsi que cornets d'écritoire,
Comme sang brûlé comme poix,
Ou si vous voulés comme noix
Qu'on a fait boüillir pour confire,
Fièvre ou non, il n'en faut pas rire:
Plus diverses sont les couleurs,
Et plus on doit craindre malheurs;
C'est signe que force est rompuë,
Et masse toute corrompuë,
Mais le corps sera soulagé,
Si dans le iour qu'il est purgé
Il vuide cent couleurs diverses,
Vertes, jaunes, grises & perses;
C'est que remedes ordonnés
Tirent des lieux plus esloignés.

dicamento purgante opus habere significat.

Egestiones alvi nigræ, velut sanguis niger, sua sponte prodeuntes, & cum febre, & sine febre, pessimæ sunt: & quanto plures fuerint peiores colores, tanto magis malum est. Cum medicamento verò melius, & quanto plures fuerint colores, non malum est.

APHOR. XXII.

Quibuſcum-
que morbis
incipienti-
bus, ſi atra
bilis, aut ſur-
ſum, aut de-
orſum pro-
dierit, lethale
eſt.

SI d'abord la melancholie,
Des humeurs le fonds & la lie,
Sort par le bas ou par le haut,
Aux pauures malades il faut
Faire prouiſion de biere ;
Et marquer place au cimetiere.

APHOR. XXIII.

Quibuſcum-
que ex mor-
bis acutis, aut
ex diuturnis,
aut ex vulne-
ribus, aut
aliàs attenua-
tis, atra bilis,
ſiue qualis
ſanguis niger
ſubierit, po-
ſtri die mo-
riuntur.

QVand cette maudite humeur ſort,
C'eſt le vray fourrier de la mort ;
Aux Medecins elle fait nicque,
En mal ſoit aigu, ſoit critique,
Aux playes, à l'auortement,
Aux corps deſſechés puiſſamment :
Par ces cauſes ou par vne autre,
Dis ſeruiteur, & moy le voſtre ;
Car le malade au lendemain
Prendra congé du genre humain.

APHOR. XXIV.

APHOR. XXIV.

C'Est vn auancement d'hoirie
Quand d'abord en dysenterie,
Où gens souffrent comme luttins,
Noire humeur sort des intestins.

Dysenteria ſi
ab atra bile
inceperit, le-
thalis eſt.

APHOR. XXV.

S'Ang qui sort par la bouche estonne ;
S'il sort par bas la chose est bonne.

Sanguis ſur-
ſum quidem
qualiſcunque
fuerit, malus
eſt deorſum
verò bóna
ſunt nigra
ſubeuntia.

APHOR. XXVI.

D'Ysenteriques accablez,
Ne cueilleront jamais leurs blez,
Et ne monteront plus sur mules
S'ils rejettent les caruncules.

Si à dyſente-
ria occupato,
veluti carnes
ſubierint, le-
thale eſt.

L

APHOR. XXVII.

Quibus in febribus sanguinis multitudo erumpit vndecunque, his in refectionibus alui humectantur.

EN fiévre qui corps a fondu,
Sang par haut ou bas répandu,
Rend nature tant affoiblie
Que d'attirer elle s'oublie;
Ce qui fait qu'à conualescent
Le ventre est mollet & glissant.

APHOR. XXVIII.

Quibus biliosæ sunt egestiones, surditate siéte cessant. Et quibus surditas, biliosis egestionibus fientibus cessat.

IL faut auoüer que la bile
Est vne humeur prompte & subtile:
Son flux s'arrestera tout court
Si le malade deuient sourd:
Et la surdité se termine,
Si par bas elle fait rauine;
Ell'est comme vn vray pantalon,
Ore à la teste, ore au talon.

APHOR. XXIX.

EN fièvre si frisson s'auance,
Au sixiesme il faut fausse chance.

Quibus in febribus sexta die rigores fiunt, difficulter iudicatur.

APHOR. XXX.

AVx fièvres qui font leur seiour,
A la mesme heure chaque iour;
Craignons longueur ou chose pire,
Le mal est là dans son empire.

Quibus exacerbationes fiunt, quacúque tandem hora febris dimiserit, si postridie eadem quâ antea hora corripuerit, difficulter iudicantur.

APHOR. XXXI.

QVand en fièvres corps font rompus,
Et membres comme courbattus,
Dis que machoires ou jointures,
Auront tumeurs & forfaictures.

Delassatis in febrib. ad articulos, & circa maxillas maximè, abscessus fiunt

APHOR. XXXII.

Quibuſcum-
que reſurgé-
ribus ex mor-
bis, ſi quid
doluerit, iſt-
hic abſceſſus
fiunt.

LÉs lieux ou dolens ou laſſez
A ceux que maux ont delaiſſez,
C'eſt là que l'humeur ſe deſcharge,
Et fera tumeur à la marge.

APHOR. XXXIII.

Sed & ante
morbū quid
doluerit, iſt-
hic morbus
incumbit.

SI deuant que d'eſtre arreſté
Quelque endroit eſt plus tourmenté
De douleur forte ou goutte-grampe,
En cet endroit le mal ſe campe.

APHOR. XXXIV.

Si à febre oc-
cupato, tu-
more non
exiſtente in
faucibus, ſuf-
focatio dere-
pentè con-
tingat, letha-
le eſt.

SI quelqu'vn par fiéure eſt troublé,
Et ſans que goſier ſoit enflé
Il ne peut tirer ſon haleine,
Dis que la mort eſt fort prochaine.

APHOR. XXXV.

Si malade est torticolis,
Sans tumeur, & que vent coulis,
Ou de liqueur la moindre goutte,
Ne puisse passer par la route,
C'est à dire par le canal,
Les affaires se portent mal.

Si à febre oc-
cupato col-
lum repentè
obuersum
fuerit, & vix
deglutire po-
terit, tumore
non existen-
te, lethale est.

APHOR. XXXVI.

Si sueur en la fièvre éclate,
Qui rougit iouë en écarlate,
Observe son ordre & son air,
Et compte le pair & non-pair:
Les iours impairs sont fauorables,
Et les pairs sont iours recusables:
Ceux-là sont signe de salut,
Et ceux-cy qu'on est loin du but,
Menacent de douleur bien viue,
Et promettent la recidiue.
Le trois, le cinq, le six, le neuf
Valent autant qu'vn habit neuf:

Sudores fe-
bricitanti si
inceperint,
boni sunt ter-
tia die, &
quinta, & sep-
tima, & nona,
& yndecima,
& decima-
quarta, & de-
cimaseptima,
& vigesima-
prima, & vi-
gesimasepti-
ma, & trige-
simaprima, &
trigesima-
quarta. Hi e-
nim sudores
morbos iudi-
cant. Qui
verò non sic
fiunt, dolo-

L iij

rem signifi-
cant &longi-
tudinemmor-
bi, & recidi-
uas.

Le quatorze, dix-sept, vingtiesme,
Le vingt-sept, trente-quatriesme,
Sont salutaires & plaisans,
Et les autres sont mal-faisans.

APHOR. XXXVII.

Frigidi sudo-
res cum acu-
ta quidem fe-
bre fientes,
mortem fi-
gnificant:
cum mitiore
verò, morbi
longitudi-
nem.

SVeur froide en la fievre aiguë,
La mort estre aux portes arguë,
En fievre pleine de douceur,
Elle menace de longueur.

APHOR. XXXVIII.

Et vbi in cor-
pore sudor
est, illic mor-
bum esse de-
clarat.

LE mal se fait voir & s'indique
Par les lieux où sueur s'applique.

APHOR. XXXIX.

Et vbi in cor-
pore frigidi-
tas aut cali-
ditas, isthic
morbus est.

OV l'on sent le chaud ou le froid,
Le mal est en ce mesme endroit.

APHOR. XL.

Qvand le corps varie à toute heure,
Qu'en mesme estat il ne demeure,
Souffrant tantost froid, tantost chaud,
Qui face change d'vn plein saut,
Sur le vert, le gris, & le iaune,
Prend ton compas, ou bien ton aune,
Et sans flatter febricitans,
Dis qu'ils en tiennent pour long-tans.

Et vbi in toto corpore mutationes, & si corpus perfrigeretur, aut rursus calefiat, aut color alius ex alio fiat, longitudinem morbi significat.

APHOR. XLI.

Si le sommeil moüille chemise,
Sans qu'on ait braßiere de frise,
Ou sans sujet bien designé,
C'est signe qu'on a trop disné:
Mais si la nuit sueur arriue,
A qui de trop manger se priue,
C'est vne marque que le corps
Veut qu'on purge ses vieux ressors.

Sudor multus ex somno, citra manifestam causam fiens, corpus multo alimēto vti significat. Si verò cibum non capienti hoc fiat, significat quòd euacuatione opus habet.

APHOR. XLII.

Sudor multus, frigidus aut calidus, semper fiers: frigidus maiorem calidus minorem morbum significat.

SI la sueur ou chaude ou froide
Sans cesse le malade obsede:
La froide marque vn mal plus grant,
La chaude vn plus indifferent;
Car le chaud est ami de l'homme,
Et le froid pesant nous assomme.

APHOR. XLIII.

Febres quæcumque non intermittentes per tertiam fortiores fiunt, magis periculosæ sunt. Quocumque verò modo intermiserint, quòd sine periculo sint significant.

Fievre qui trauaille quelqu'vn,
Plus asprement de deux iours l'vn,
Est hostesse fort importune,
Et le malade court fortune:
Mais fievre qui laisse & qui prend,
De vie est fidelle garand.

APHOR. XLIV.

Quibus febres longæ, his tubercula ad articulos, aut dolores fiunt.

TOute fievre qui long-temps dure,
Fait des abscez à la iointure.

APH. XLV.

APHOR. XLV.

DE la bouche on a fait excez,
Quand iointures souffrent abscez,
Ou douleurs apres fievres longues,
Qui riment fort bien à diphtongues.

Quibus tu-
bercula ad
articulos, aut
dolores, ex
febribus lon-
gis fiunt, hi
pluribus ci-
bis vtuntur.

APHOR. XLVI.

QVand en forte fievre rigueur
Vient à malade sans vigueur,
Prononce que la mort est proche,
Et qu'en peu sonnera la cloche.

Si rigor incí-
dat febre non
intermittente
ægroto iam
debili, letha-
le est.

APHOR. XLVII.

CRachats de mauuaise couleur
En fievres denotent malheur,
Sur tout quand ils sont ou liuides,
Sanglans, ou jaunes, ou fœtides,
Quand par l'vrine ou par le dos,
Ce qui sort, sort bien à propos;

Exscreatio-
nes in febrib°
non intermit-
tentibus, liui-
dæ, & cruétæ,
& graueolen-
tes, & biliosę,
omnes malæ
sunt. At probè
secedentes,
bonæ, & per
alui egestio-
nes, & per
vrinas. Si ve-
rò nõ aliquid
ex conducen-
tib° excerna-
tur per hos
locos, malum
est.

M.

Qu'on pousse ferme, roide, large,
Et qu'inferieur se décharge,
En bon temps, bonne heure, & bon lieu,
Il en faut remercier Dieu:
Tout va mal, quand par quelque porte
Humeur sort de mauuaise sorte.

APHOR. XLVIII.

In non inter-
mittentibus
febribus, si
externæ qui-
dem partes
frigidefue-
rint, internæ
verò ardeant,
ac sitim ha-
beant, lethale
est.

SI dans vn miserable cors,
Chaud au dedans, froid au dehors,
Sont auec fievre continuë,
Dis qu'heure derniere est venuë.

APHOR. XLIX.

In febre non
intermittéte,
si labium aut
palpebra, aut
supercilium,
aut oculus,
aut nasus
distorquea-
tur: aut non
videat, aut nô
audiat, æger
iam debilis
existés, quic-
quid horum
fiat, propin-
qua mors est.

LE malade tire aux abbois,
Si dans la fievre on voit par fois
Levre, œil, sourcil, ou nez qui tourne,
On peut dire que mort ajourne
Par corps les pauures languissans
Qui n'ont plus l'vsage des sens,
Qui font voit, ou qui font entendre,
On est là tout prest à se rendre.

APHOR. L.

SI l'on a peine à respirer,
Qu'esprit ne fait que s'égarer
Aux fievres qui sont sans relâche,
Atropos frise la moustache.

Vbi in febre non intermit-tente difficul-tas spirandi, & delyrium fit lethale est.

APHOR. LI.

AVx fievres s'il suruient tumeur
Dont la malice ou la rumeur
Ne finit aux premieres crises,
On sera long-temps en chemises.

In febribus abscessus qui non soluitur ad primas iu-dicationes, lõgitudinem morbi signifi-cant.

APHOR. LII.

LArmes qui coulent par dessein
Ne témoignent rien de mal sain :
Mais larmes qui viennent par force,
Nous font soupçonner que l'amorce
Dans les entrailles a pris feu,
Et qu'on verra ioüer beau ieu.

Quicumque febribus, aut aliis ægritu-dinibus, ex voluntate la-chrymantur, nihil absurdi est. Qui verò non ex volun-tate, absurdẽ

M ij

APHOR. LIII.

Quibus circa
dentes in fe-
bribus visco-
sa adhærent,
his fortiores
febres fiunt.

LEs dents qui sont pleines de crasse
Sont de forte fievre menace.

APHOR. LIV.

Quibus ple-
rumque tus-
ses siccæ, pa-
rum irritates,
in febribus
ardentibus,
hi nō ita val-
de siticulosi
sunt.

EN fievre ardente, seiche tous
De la soif amortit les coups;
Car elle verse vne rosée
Qui la rend bien tost appaisée.

APHOR. LV.

Ex glandula-
rum tumori-
bus febres
omnes malæ
sunt, exceptis
diariis.

QVand fievre fait naistre bubon,
Cela n'augure rien de bon:
Mais dans les fievres ephemeres
Bubons ne sont choses ameres.

APHOR. LVI.

SI fievre ne cède à sueur,
C'est vn vray signe de mal-heur,
Parce qu'humeur surabondante
Denote longueur apparente.

Febricitanti
sudor oboriens febre
non remittéte malum.
Moram enim
trahit morbus, & multam humiditatem significat.

APHOR. LVII.

LA fievre paye la rançon,
A femme, homme, fille ou garçon,
Qui sont affligez du tetane,
Sans elle on ploye la soutane.

A conuulsione, aut distétione neruorum vexato
febris accedens morbum soluit.

APHOR. LVIII.

LA rigueur porte le salut
Plus doux que n'est g. r. sol, vt,
Qui suruient lors que fievre ardente
A quelqu'vn fait dancer courante.

A febre ardente occupato, rigore
accedente,
solutio fit.

M iij

APHOR. LIX.

Tertiana
exacta in se-
ptem circui-
tibus ad fum-
mũ iudicatur.

EN sept accés pour le plus tard
La fiévre tierce se départ;
Mais pour faciliter la cure,
Et pour ayder vn peu nature,
Prens des lauemens, sois saigné
Et ressaigné, puis le senné
Te fera mieux que cornachine,
Et febrifuge de la Chine,
Ou specifiques inconnus
Que cet yurogne d'Hartmannus,
A mis en sa belle pratique,
Vn homme d'esprit fait la nique,
A tous ses secrets sans valeur
Vn charlatan, vn embaleur,
Vn Hermetique, vn Astrologue,
Mettra ces sottises en vogue,
Mais si tost que fiévre l'abbat,
D'en vser il n'est pas si fat;
Il garde la methode nostre,
Et se fait traitter comme vn autre:
Fais donc ce que ces gens feront,
Et ne fais pas ce qu'ils diront.

APHOR. LX.

QVand en fiévre oreilles sont sourdes,
Et qu'on ne peut ouyr les bourdes
Que plantent Garde ou Medecin,
Flux de nés, ou flux de baßin
Fait (considerés les merueilles)
Ouurir promptement les oreilles.

Quibus in fe-
bribus aures
obsurducrūt,
his sanguis è
naribus effu-
sus, aut aluus
exturbata,
morbum sol-
uit.

APHOR. LXI.

Flévre est sujette à reuenir
Si l'on ne s'en voit dégarnir,
Aux iours impairs, iours debonnaires
Sur tout aux diuins septinaires.

Febrientem sī
non in diebus
imparibus fe-
bris dimiſe-
rit, recidiuare
solet.

APHOR. LXII.

LA jeuneſse deuant sept iours
Denote de mal mauuais cours.

Quibus in fe-
bribus mor-
bus regius sit
ante septimū
diem, malū.

APHOR. LXIII.

Quibus in fe-
bribus quoti-
die rigores
fiunt quoti-
die febres
foluuntur.

QVand tous les iours friſſons paroiſſent,
Tous les iours fievres diſparoiſſent.

APHOR. LXIV.

Quibus in fe-
bribus mor-
bus regius
ſeptima, aut
nona, aut de-
cimaquarta
accedit, bo-
num ſi non
præcordium
dextrum du-
rum fiat: ſin
minus, non
bonum.

QVand le cuir de jaune eſt couuert
Qui par fois tire ſur le vert,
Et fait comme couleur de bronze
Au ſept, au neuf, ou bien à l'onze,
Onze à bronze eſt bien arriué,
Quatorze deuſt eſtre trouué;
C'eſt vn tres-bon & ſage nombre,
Qui ne doit paſſer pour vne ombre:
Donc pour reprendre mon diſcours,
Jauniſſe eſt heureuſe en ces iours,
Et de la vie on peut répondre,
Pourueu que le droit hypochondre
Ne ſoit pas dur comme vn tambour,
En ce cas il fait mauuais tour;
Car ce tambour dit qu'on deſloge,
Et qu'autre en ſa place on ſubroge.

APH. LXV.

APHOR. LXV.

Quand en fievre le ventre bout,
Et que le chaud l'occupe tout,
Que le cœur defaut à toute heure,
La chose n'est pas beaucoup seure.

In febribus
circa ventré
æstus vehe-
mens, & cor-
dis siue oris
ventriculi
morsus, ma-
lum.

APHOR. LXVI.

En fiévre aigüe si l'on voit
Conuulsion en quelque endroit,
Ou que l'on sente ses entrailles
Tirer comme par des tenailles ;
C'est vn signe de mal mortel,
Qu'on se recommande à l'Autel.

In febribus
acutis con-
uulsiones, &
circa viscera
dolores for-
tes, malum.

APHOR. LXVII.

Quand apres vn sommeil de fievre,
On est timide comme vn lievre,
Et qu'on souffre conuulsion,
Dangereuse est la passion.

In febribus,
ex somnis, ti-
mores aut cō-
uulsiones,
malum.

N

APHOR. LXVIII.

Infebribus
fpiritus of-
fendens, ma-
lum. Conuul-
fionem enim
fignificat.

EN fievre, c'eſt ſigne de trouble,
Quand reſpir s'arreſte ou redouble,
Cela marque vn excez de feu,
Conuulſion ſuruient en peu.

APHOR. LXIX.

Quibus vri-
næ craſſæ,
grumoſæ,
paucæ, non
fine febribus,
vbi copia ex
his ſucceſſit,
tenuis pro-
deſt. Tales
autem maxi-
mè prodeunt
his quibus ab
initio, aut
breui ſubſi-
dentiam ha-
bent.

QVand en fievre que l'on redoute,
Vrine épaiſſe, & goutte à goutte,
Sort par les nymphes & canaux
Qui ſeruent à vuider les eaux,
Que foye a chaſſé de ces lobes,
Et que les vrines font globes :
Si cét ordre ſe change à coup,
Et ſi l'on en vuide beaucoup,
Claires, ainſi qu'eſt eau de roche,
Guerison pour le ſeur eſt proche :
C'eſt ainſi que l'vrine ſort,
A ceux qui bien toſt, ou d'abord
En vrines ont hypoſtaze,
Qui ſçait ce mot là n'eſt pas aze.

APHOR. LXX.

Hippocrate a dit par serment,
Que ceux qui piſſent en iument,
C'eſt à dire eſpais, jaune & trouble,
Que mal de teſte ſe redouble,
Ou qu'il eſt, ou ſera bien toſt,
Ce mal eſt pire qu'vn Preuoſt.

Quibus in fe-
bribus vrinæ
conturbatæ,
velut iumen-
ti, his capitis
dolores, aut
adſunt, aut
aderunt.

APHOR. LXXI.

LE mal n'eſt pas accariaſtre,
Si le quart nuage rougeaſtre
Paroiſt en vrine, & de plus
Au ſeptieſme maux ſont conclus,
Quand Monſieur quart tient bien la bale,
Ces deux iours ſont d'vne cabale.

Quibus ſep-
tima die
morbi iudi-
cantur, hîs
nubeculam
habet vrina
quarta die
rubram, &
alia ſecundū
rationem.

APHOR. LXXII.

CLaire vrine comme eau de roc,
Eſt ſigne d'vn fort mauuais choc.

Quibus vrinæ
pellucidæ, al-
bæ, malæ.
Maximè au-
tem in phre-
niticis com-
parent.

N ij

Si ce choc se fait à la teste,
L'homme viendra comme vne beste.

APHOR. LXXIII.

Quibus præ-
cordia ele-
uata, permur-
murantia, lü-
borum dolo-
re accedente,
his alui hu-
mectantur, si
non flatus
erumpant,
aut vrinæ co-
pia prodeat.
In febribus
autem hæc.

ALors que ventre meine bruit,
Et que mal de lombes le suit,
Ou le ventre fera rauage,
Et poussera pets de menage:
Duret eust dit pets de maçon,
Vrine aussi coule à foison:
Ces choses ont lieu dans les fievres
Des hommes, & non pas des chevres.

APHOR. LXXIV.

Quibus spes
est abscessum
fore ad arti-
culos, eos li-
berar ab ab-
scessu vrina
multa, &
crassa, & alba
prodiens,
qualis in fe-
bribus labo-
riosis quarta
die quibusdá
fieri incipit.
Si verò etiam
ex naribus
sanguis eru-
perit, breui
admodum
soluitur.

QVand mal plus fâcheux qu'vn procez,
Afflige iointures d'abscez,
Id eit croupion, bras, ou hanche,
S'il coule vrine epaisse & blanche,
Et qu'elle coule en quantité,
Iointures sont en liberté,
Le quatriesme iour apporte
Par fois vrine de la sorte.

Mais si par forme de surcroit,
Flux de sang par le nez paroit,
Nature de fievre affligée,
En bref se verra soulagée.

APHOR. LXXV.

V*Rine qui sort auec flus,*
  De sang vermeil, ou bien de pus :
Ces flux seruent de prophetie,
D'vlcere aux reins ou à veßie.

Si quis san-
guinem aut
pus mingat,
renum aut
veficę vlcera-
tionem figni-
ficat.

APHOR. LXXVI.

Q*Vand par vrine on voit lascher,*
  Ou filets, ou morceaux de chair,
Prononce que reins sont la source
Qui produit cette sale course.

Quibus in
vrina craffa
exiftente ca-
runculæ par-
uæ, aut ve-
luti pili fimul
exeunt, his
de renibus
excernuntur.

APHOR. LXXVII.

V*Rine grosse en sa façon,*
  Et qui traine farine & son,

Quibus in
vrina craffa
exiftente,
furfuraçoe

Fait voir que veſſie a la gale,
Ie crois que c'eſt choſe bien ſale.

quædam ſi-
mul mingun-
tur, his veſica
ſcabie affecta
eſt.

APHOR. LXXVIII.

Qui ſua ſpon-
te ſanguinem
mingunt, his
in renibus
venæ ruptio-
nem ſignifi-
cat.

CEux qui piſſent le ſang tout cru,
Sans auoir rien fait d'incongru,
Quelque veine aux reins eſt rompuë,
Et cette veine eſt fort menuë.

APHOR. LXXIX.

Quibus in
in vrina, are-
noſa ſubſi-
dünt, his ve-
ſica calculo
laborat.

QVand ſable eſt au fonds du vaiſſeau,
Auquel malade fait ſon eau:
Ce ſable au fonds nous ſignifie
Que calcul eſt dans la veſſie.

APHOR. LXXX.

Si quis ſan-
guinem min-
gat, & gru-
mos, & vrinæ
ſtillicidium
habeat, &
dolor incidat
in imum ven-
trem, & ani
ac ſcorti, in-
tercapediné,
partes circa
veſicam affe-
ctæ ſunt.

GEns qui piſſent ſang ou grumeaux,
Dont vrine vient par lambeaux,
Et que douleur bas ventre tranche,
Et pique penil & la hanche,

Le mal a choiſi ſon ſejour
Dans la veſſie ou à l'entour.

APHOR. LXXXI.

Ceux qui piſſent ſang, pus, écaille,
Et j'adioûte colle, moruaille,
Et que tout cela ſoit infeÆt,
En veſſie vlcere eſt parfait.

Si quis ſan-
guinem &
pus mingat,
& ſquamas,
& odor gra-
uis ſit: veſicæ
exulceratio-
nem ſignifi-
cat.

APHOR. LXXXII.

Qvand on a bourrier dans ſa flutte,
Ce qu'on prend ſouuent à la lutte
De Dames qui ſerrent trop fort:
Si le pus ſe fait, & s'il ſort,
Piſſeurs ont de mal allegeance,
Et de là pleniere indulgence.

Quibus in
vrinaria fi-
ſtula tuber-
culum naſci-
tur, his ſup-
puratione
faÆta & eru-
ptione, ſolu-
tio fit.

APHOR. LXXXIII.

Si la nuit on piſſe beaucoup,
Ventre ne tirera ſon coup.

MiÆtio noÆtu
multa fiens,
modicam al-
ui egeſtio-
nem ſignifi-
cat.

SECTION V.

APHOR. I.

Conuulfio
ex veratro
lethalis eſt.

 Onuulſion par ellebore,
Eſt pire qu'vn loup qui deuore.

APHOR. II.

Ex vulnere
conuulſio
lethalis eſt.

APres playe conuulſion
Note mortelle paſſion.

APHOR. III.

Sanguine
multo effuſo
conuulſio,
aut ſingultus
accedens,
malum.

LOrs que ſang coule outre meſure,
Tout eſt bien fort à l'auanture,
S'il ſuruient ou ſpaſme ou hocquet,
Il faudra trouſſer ſon pacquet.

APHOR. IV.

APHOR. IV.

A Pres purgation mochlique
Teste qui bransle & fait la nique,
Estomach qui jette sanglot,
Cela fait singler le mulot.

Ex superflua purgatione, conuulsio aut singultus accedens malum.

APHOR. V.

SI *Bacchus a lié la langue,*
Et bien loin de former harangue,
Qu'on ne puisse dire vn seul mot,
Qu'on grimace comme vn marmot;
La vapeur occupant la teste,
Fera mourir comme vne beste.
Si dame fiéure, toute en feu,
Ne cuit ces cruditez en peu,
Soupe à l'oignon fust ordonnée,
De poiure & sel assaisonnée,
Par feu le Coq nostre Doyen,
Tres-docte & tres-homme de bien
Par dessus vin blanc qui réueille,
Et qui fait quinter vne oreille;

Si quis ebrius derepente voce priuetur, cōuulsus morietur, si non febris corripuerit, aut vbi ad horā qua crapulæ soluuntur peruenit, loquatur.

Feu M. le Coq Doyen de cette Faculté, auquel M. Cytois a succedé, ordonnoit à tous ses malades de la souppe à l'oignon & du vin blanc. Madame la Chanceliere de Sillery passant par cette ville, s'en offença, & dit qu'elle n'estoit pas une yurogne, elle en envoya chercher un autre, qui luy ordonna des lauemens & des boüillôs de veau ; ie ne sçay lequel cõseilloit le mieux.

Cét oignon, ce poivre & ce vin,
Allumoient un feu tout divin :
Mais de peur que vin, poivre & soupes
Ne mettent en feu les estoupes
Dedans ce siecle dessalé,
Où chacun craint d'estre bruslé,
On apporte d'autres mysteres,
Comme vomitifs & clysteres :
Si cela ne deliure pas,
L'yvrogne ronfle son trespas.
Sur tout, si voix n'est retournée
A mesme heure & mesme journée
Que la débauche se resout,
Que plus en cerueau vin ne bout,
Le pourceau se dresse sa tombe,
Et sous sa vendange succombe.

APHOR. VI.

Quicumque à distentione antrorsum ac retrorsum corripiitur, in quatuor diebus pereunt. Si verò has effugerint, sani fiũt.

ILs sont troussez en quatre jours
(Qui sont termes un peu bien cours
Pour gens qui aiment la chicane)
Ceux qui sont saisis du tetane :
Ce mal abbat bien le caquet,
Et tient le corps comme un piquet ;

On ne peut destourner la face,
Si dedans quatre jours il passe,
Apres auoir beaucoup souffert,
Le patient est à couuert.

APHOR. VII.

QVand on a mal epileptique
Auant que le poil folet pique,
La chaleur qui cuit & qui bout
L'aneantit & le resout:
Mais quand il vient ou qu'il demeure
En âge où personne est majeure,
Malgré bague à cheual marin
On en a jusques à la fin.

Quibuscumque morbi comitiales ante pubertatem fiunt, transmutationem habent. Quibuscumque verò viginti quinque annos natis fiūt, his plerumq; commoriuntur.

APHOR. VIII.

QVand pleuresie, armie cruelle,
Presse l'épaule ou la mammelle,
Si quatorze jours acheuez
Crachats ne sont tous enleuez,
Le mal qui se nomme empyeme,
Vient qui rime & qui fait teint blesme.

Quicumque pleuritici fientes, in quatuordecim diebus nonrepurgātur, his ad suppurationem transitio fit.

O ij

APHOR. IX.

Tabes maxi-
mè.fit ætati-
bus, ab anno
decimoocta-
uo, víque ad
trigelimum-
quintum.

P Hthisie, vlcere de poûmon,
    Qui fait de mort vn beau sermon,
Se forme entre dix-huit & trente,
Et s'estend jusques à quarante.

APHOR. X.

Quicumque
anginam ef-
fugiunt, his
ad pulmo-
nem verti-
tur, & in se-
ptem diebus
moriuntur. Si
verò has ef-
fugerint, sup-
purati siunt.

C Eux que l'esquinance a laissez,
   Ne sont encore mal passez,
Si le mal sur le poûmon tombe,
Le galland en sept jours succombe;
Ou bien s'il s'estend au dessus,
La poitrine s'emplit de pus.

APHOR. XI.

Qui tabe in-
festantur, si
sputû quod-
cumque tus-
siendo reie-
cerint, grauè
olet, dum

A Vx pauures haires de Tabides,
   Que poûmon flestri rend arides,
Et se consomme peu à peu,
Si crachats jettez sur le feu

Exhalent vne odeur maligne,
Et si le poil tombe, c'est signe
Que la mort, d'eux n'est pas fort loin;
Confesseur fait là grand besoin.

prunis inijci-
tur, & capilli
de capite de-
fluunt, letha-
le est.

APHOR. XII.

QVand poil tombe, & que ventre coule,
Ils sont prests de quiter le moule :
J'entens le moule du pourpoint:
De là l'on ne retourne point.

Quibuscum-
que tabe la-
borantibus
capilli de ca-
pite defluxe-
rint, hi alui
pri fluuio ac-
cedente mo-
riuntur.

APHOR. XIII.

CEux qui crachent sang plein d'écume,
C'est au poûmon qu'elle s'allume.

Quicumque
sanguinem
spumosum
spuunt, his ex
pulmone edu-
ctio fit.

APHOR. XIV.

QVand phthisique a le ventre en flus,
C'est à dire qu'il n'en peut plus.

A tabe occu-
pato, alui
profluuium
accedens le-
thale est.

APHOR. XV.

Quicumque
ex pleuritide
suppurati
fiut, si in qua-
draginta die-
bus repurga-
ti fuerit, ab
ea die qua ru-
ptio facta
fuerit, libe-
rantur, Si ve-
rò non, ad ta-
bem transeut.

ET pour finir cette doctrine
Des maux campez dans la poitrine,
A pleuretiques suppurez ;
Si quarante jours expirez,
Comptant du jour que la nature
A fait du pus découuerture,
Le crachat s'arreste tout court,
Tout va bien, nul danger ne court :
Mais si crachat marche sans cesse,
Et que le poûmon soit en presse,
La phthisie occupe le fort,
Et ne le quitte qu'à la mort.

APHOR. XVI.

Calida fre-
quenter ea
vrentibus,
has noxas in-
ducit, carniū
effeminatio-
nem, nervorū
impotētiam,
mentis tor-
porem, san-
guinis eru-
ptiones, ani-
mi deliquia.
Hæc quibus
mors.

APhorismes suiuans rapportent
Ce que froid ou chaud nous apportent :
Ils commencent par le malheur
Que produit l'excez de chaleur :
Par vn trop grand & long vsage
On se ramollit le charnage.

Les nerfs n'ont pas grande vigueur,
L'esprit est tout comme en langueur,
Le sang à grosses ondes coule,
Le cœur manque, l'on fait la poule,
Et la mort, qui fait le hola,
Suruient apres tous ces maux-là.

APHOR. XVII.

LE froid conuulsion prouoque,
Mal qui fait que Saints on inuoque:
De plus, il retire, il transsit,
Il gele, il estonne, il noircit,
Il chasse le vermeil des léures:
Il fait le tremblement des fiéures.

Frigida verò
cōuulsiones,
antrorsum
ac retrorsum
distentiones,
nigrores, ri-
gores febri-
les.

APHOR. XVIII.

LE froid trauerse le repos
Des dents, & des nerfs & des os,
De cerueau, de moëlleuse espine;
Autrement râteau de l'échine:
Mais le chaud ne leur nuit en rien,
Et mesmes il leur fait du bien.

Frigida ini-
mica ossibus,
dentibus,
neruis, cere-
bro, spinali
medullæ: Ca-
lida verò gra-
ta.

APHOR. XIX.

Quæcumque perfrigerata sunt, excalefacere oportet, præterquam à quibus sanguis erumpit, aut erupturus est.

Aut rechauffer les membres roides,
(S'entend par froid) & choses froides,
Non quand le sang a fait parti,
Et qu'il sort, ou qu'il est sorti.

APHOR. XX.

Vlceribus frigida mordax, cutem obdurat, dolorem non suppurantem facit, nigrefacit, rigores febriles inducit, conuulsiones, distentiones.

Le froid est mordant aux vlceres,
Fait peau dure comme à Corsaires:
Il nous engourdit les humeurs,
Il empesche qu'abscez soient meurs,
Il noircit, il fait que l'on tremble,
Et que la teste aux pieds s'assemble,
Il fait la fievre & les frissons;
Ce sont là les fruits des glaçons.

APHOR. XXI.

Quandoque verò in distentione sine vl-

Si tetane, mal mortifere,
Tient jeune & charnu sans vlcere,

Il recouurera ſa ſanté
Si dans le milieu de l'Eſté
On fait d'eau froide vne deſcharge
Sur ſon eſpaule longue & large:
Mais chaud appliqué par raiſon
Eſt de ce mal contre-poiſon.

cere, iuueni
carnoſo, æ-
ſtate media,
frigidæ mul-
tæ affuſio, ca-
loris reuoca-
tionem facit.
Calor autem
hæc ſoluit.

APHOR. XXII.

L'*Eau chaude, qu'Aphoriſme loüe,*
Lez vlceres prouoque boüe;
Mais elle ne la fait à tous,
Iamais elle ne fait faux coups,
Elle amollit, elle attenüe,
Rend la peau doüillette & menüe;
Et par ſa plaiſante douceur
Elle eſt fleau de la douleur,
La rigueur, le ſpâme & tetane
A ſon doux abord font la cane;
La teſte pert ſa peſanteur
Si toſt qu'elle ſent ſa vapeur.
Item, eau chaude eſt fauorable
Aux os déchirez en leur rable,
Rompus, platis, boſſus, troüez,
Et ſur tout aux os tenüez;

Calida ſup-
puratoria eſt,
non in omini
vlcere, maxi-
mum ſignum
ad ſecurita-
tem, cutem
mollit, atte-
nuat, dolores
eximit, rigo-
res, conuul-
ſiones, diſten-
tiones miti-
gat, capitis
grauitatem
ſoluit. Pluri-
mûm autem
côfert ad oſ-
ſium fractu-
ras, maximè
denudatas.
Ex his autem
maximè his
qui in capite
vlcera habét,
& his quæ à
frigiditate
moriuntur,
aut vlceran-
tur, & herpe-
tibus exeden-

P

Ou bien, quand les os de la tefte

Ont boffe, playe, efchet, tempefte:

Ce qui par froid eft retiré,

Corrompu, mourant, vlceré;

Mefme les vlceres qui rampent,

Et qui dans mauuais lieux fe campent,

Veffie & lieux des pays bas,

Où Venus prend fes doux efbas,

Ce vilain lieu qu'on nomme fiege;

Tout cela par chaleur s'allege:

Chaud leur eft doux & naturel,

Froid leur eft ennemi mortel.

APHOR. XXIII.

MAis Dieu qui bien & mal partage,

A l'eau froide a mis bon vfage;

Ell'a (par la grace de Dieu)

Son heure, fon temps & fon lieu:

Ainfi chaque Sainct a fa Fefte,

Et porte profit ou tempefte:

Quand le fang fort ou veut fortir,

Par eau froide on peut l'amortir,

Non fur le lieu qui fang décoche,

Mais deffus l'endroit le plus proche:

Rouges & rougeaſtres tumeurs,
Quand abſcez ſont plus verts que meurs,
N'ont point de plus certain remede
Que l'application d'eau froide;
Mais l'eau noircit comme charbons
Les abſcez qui ſont vieux & lons;
Le rotiſſant Eryſipele,
Qui la peau cochonne & la pele,
Eſt par eau froide terminé
S'il n'eſt d'vlcere accompagné;
Car vlcere qui l'accompagne
Ne permet qu'en froid on ſe baigne.

easipſasinam
veteres ni-
grefacit, &
ad ſacrum
ignem non
exulceratum:
nam exulce-
ratum lædit.

APHOR. XXIV.

LE froid comme neige ou glaçon
A poitrine eſt mauuais garçon;
Il fait les toux & rheumatiſmes,
Fait couler ſang: Mais Aphoriſmes
Qui ſuiuent, font ample recit
Des biens que le froid nous produit.

Frigida velut
nix, glacies,
pectori ini-
mica ſunt,
tuſſes mouĕt,
& ſanguinis
eruptiones,
ac defluxio-
nesinducunt.

APHOR. XXV.

Tumores in articulis, & dolores absque vlcere, & podagricas affectiones, & conuulsiones: Horum plurima frigida multa affusa leuat, & attenuat, & dolorem soluit. Torpor enim dolorem soluit.

Iointures par tumeurs enflées,
Douleurs sur douleurs redoublées,
Pourueu qu'vlcere n'y soit joint,
Par froid s'appaisent bien à point.
Aux conuulsions, à la goute.
Des pieds que le chasseur redoute,
L'on reçoit du soulagement;
Versant eau froide largement
Elle endort: partant elle appaise.
Si cette recepte est mauuaise,
Elle couste au moins peu d'argent;
On l'ordonne à petite gent.
Or chose qui ne couste gueres
Plaist aux riches comme aux vulgaires.

APHOR. XXVI.

Aqua quæ cito calescit, & cito perfrigeratur, leuissima est.

Appren vn secret assez beau
Pour sçauoir ce que pese l'eau,
La plus legere est la meilleure,
C'est celle qui dans vn quart-d'heure

Se rechauffe ou se refroidit,
Au moins, Hippocrate le dit.

APHOR. XXVII.

SI de nuict forte soif t'attaque,
De peur que femme s'estomaque;
Disant, Iean, par ma fy sur iour
Vous auez trop chauffé le four:
Dors sur ta soif, si tu veux pisse,
Le sommeil te sera propice.

Quibus bibendi appetentiæ noctu valde sitientibus, si obdormierint bonum est.

APHOR. XXVIII.

LEs parfums prouoquent les mois,
Et seruiroient en cent endroits,
Si drogues aromatizantes
Ne rendoient testes trop pesantes.

Menses ducit aromatum suffitus Multis autem modis etiam ad alia commodus esset, si non capitis grauitatem induceret.

XXIX. rep. ex Aph. 1. lib. 4.

APHOR. XXX.

Mulierum vterum gerétem ab aliquo acuto morbo corripi, lethale est. Mulier vterū gerens secta vena abortit, & magis si maior fuerit fœtus.

A Femme grosse maux aigus,
Sont mortels comme Ferragus
Estoit à l'ost de Charlemagne,
Ce Ferragus venoit d'Espagne.

APHOR. XXXI.

Mulieri sanguinem vomenti, mensibus erumpētibus solutio fit.

DE la femme enceinte le fruit,
Par phlebotomie est destruit,
Et tant plus le fruit aura d'âge,
Plus ce remede fait dommage :
Mais le temps, venerable Autheur,
Rend cét Aphorisme menteur.
Soit dit, sauf vostre reuerence,
Cela du moins est faux en France ;
Ou mieux fruit se conserue en flanc,
Ostant que n'ostant pas du sang ;
Ie n'ose de peur qu'on me gronde
En parler deuant tant de monde :
Mais on a tort de s'espargner
Pour la grossesse, de saigner.

APHOR. XXXII.

IL ne faut pas qu'on s'effarouche
Si femme rend sang par la bouche;
Car ce flux met les armes bas
Si le sang tire aux pays bas.

Mulieri men-
sibus deficié-
tibus, sangui-
nem ex nari-
bus fluere,
bonum est.

APHOR. XXXIII.

AV defaut des mois les narines
Deschargent ordures sanguines.

Mestruis de-
ficientibus
sanguis è
naribus fluès,
bonum.

APHOR. XXXIV.

SI le ventre coule par trop,
Et qu'il aille le grand galop
A la femme qui fœtus porte,
On doit craindre qu'elle n'auorte.

Mulieri vte-
rum gerenti
si aluus mul-
tùm fluxeris,
periculum est
ne abortiat.

APHOR. XXXV.

Mulieri quæ
ab vteri strã-
gulationibus
vexatur, aut
difficulter pã-
rit; sternuta-
tio accedens
bonum.

FEmme qui a mal d'amarry,
Ou qui ne peut de son mary
Chasser le fait, mal diminuë,
Et s'en va quand elle éternüe.

APHOR. XXXVI.

Mulieri men-
ses décolo-
res, & non eo-
dem tempore
fluentes, pur-
gatione opus
esse significãt.

SI les mois ont palles couleurs,
Et ne sortent en termes leurs,
De purger ne te feindras mie,
C'est signe de cacochymie.

APHOR. XXXVII.

Mulieri vte-
rum gestanti,
si mammæ re-
pente graci-
les fiãt, abor-
tit.

FEmme grosse de qui le sein
Flestrit du soir au lendemain,
En peu de temps perdra son germe,
Et n'accouchera point à terme.

APHOR. XXXVIII.

APHOR. XXXVIII.

SI la femme est grosse de deux,
Le succez n'en doit estre heureux,
Si les deux mammelles tarissent,
Car les deux à la fois perissent:
En la droite tarie est soubçon
De l'auortement du garçon:
Dechet de la gauche mammelle
Sera fatal à la pucelle.

Mulieri vterum gestanti, si altera māma gracilis fiat, gemellos gestans alterum abortiet. Et si quidem dextera gracilis fiat, masculum : si verò sinistra, femellam.

APHOR. XXXIX.

SAns me departir du respect,
Ce lieu me semble vn peu suspect.
Si femme sans estre accouchée,
Ou grosse est de laict entachée,
Le laict est seulement venu
De sang menstrual retenu.
Si j'auois veu du laict à fille,
Ie dirois qu'ell' a planté quille,
Ou pour couurir les démentis,
Dis que rara non sunt artis.

Si mulier quæ neque præghans est, neque peperit, lac habet: menses ipsius defecerunt.

Q

APHOR. XL.

Mulieribus quibuſcumque ad mammas ſanguis colligitur, inſaniam ſignificat.

SI de ſang mammelle eſt remplie,
C'eſt ſigne de prompte folie.

APHOR. XLI.

Mulierem ſi velis cognoſcere, an prægnans ſit, vbi dormire volet, aquam mulſam bibendam dato. Et ſi quidem tormen habuerit circa ventrem, prægnans eſt. Si verò non, prægnans nõ eſt.

TV peux iurer que femme en a
Dans l'aiſle, & qu'enfant elle aura,
Si le ſoir quand elle ſe couche
Verſant hydromel en ſa bouche
Pour luy faire douce boiſſon,
Son ventre fait mauuais garçon;
Que ſi le ventre bruit ne meine,
Tu peux iurer qu'elle n'eſt pleine.

APHOR. XLII.

Mulier prægnans ſi quidem maſculum geſtat, bene colorata eſt. Si verò femellam, malè colorata.

FEmme qui garçon porte a l'œil
Vif, & le teint frais & vermeil:
Mais femme qui pucelle porte
A la couleur de fueille morte:

Donc pour auoir bonne façon
Il faut engroßer d'vn garçon.

APHOR. XLIII.

ERiſypele à femme große,
C'eſt à dire vn pied dans la foße.

Si mulieri
prægnanti
ignis ſacer
in vtero fiat,
lethale eſt.

APHOR. XLIV.

FEmmes maigres comme vn pinßon,
Qui s'en donnent d'vne façon,
Leur fruit affamé les delaiße
Auant qu'elles reprennent graiße.

Quæcumque
præter natu-
ram tenues
exiſtentes,
vterum ge-
ſtant, abor-
tiunt priuſ-
quàm craßeſ-
cant.

APHOR. XLV.

MAis celles qui ſouuentefois,
Au ſecond ou troiſieſme mois,
D'ailleurs corpulentes & fermes,
Ne portent pas leurs fruits à termes
Sans auoir couru ny ſauté,
Ou fait du tort à leur ſanté,

Quæcumque
verò modera-
tè corpus ha-
bentes, abor-
tiunt bime-
ſtres & trime-
ſtres, ſine
cauſa mani-
feſta, his vte-
ri acetabula
muco plena
ſunt, & non
poßunt fœ-
tum contine-
re præ-graui-
tate, ſed ab-
rumpitur.

Q ij

Sans recit de tristes nouuelles,
Sans extinction de chandelles,
C'est signe que les ligamens
De leurs portatifs instrumens
Sont enduits de graisse & de colle,
Dont ne peuuent joüer leur roole,
Et porter le pacquet à temps:
(Ce qui rend maris mal contens)
Car le poids qui les embarasse
Fait que le fruit quitte sa place.

APHOR. XLVI.

Quæcumque præter natu-
ram crassæ existentes,
non conci-
piunt in vte-
ro, his omen-
tum osculum
vteri compri-
mit, & priuf-
quàm atte-
nuentur, non
concipiunt.

FEmme grosse comme vne tour
N'est pas duisante au jeu d'amour;
Et ces grosses masses d'argile
N'ont pas la nature fertile:
L'endroit par où fruict doit passer,
Par omentum se sent presser:
Il faut descharger leur cuisiné
Par salse pareille & par squine.

APHOR. XLVII.

SI matrice (corps delicat)
Pourrit & sur cuisse s'abbat,
Il faudra bien gaster du linge
Auant que de guerir ce singe.

Si vterus in coxam incumbens, suppuratus fuerit, necesse est curationem ex medicamentis, per linamenta ipsi adhibere.

APHOR. LXVIII.

MASle plus ferme & plus adroit
Se campe dans le costé droit;
La fille a coustume de mettre
Son corps sur le costé senestre.

Fœtus masculi quidem in dextris, feminæ verò in sinistris magis.

APHOR. LXIX.

POur enuoyer l'arrierefaix,
Sans quoy femme n'accouche en paix,
Serre la bouche & les narines,
Souffle au nez des poudres chagrines
Qui fait dire & repeter,
Dieu vous veuille bien assister.

Vt secundæ excidant, sternutatorio indito, nares & os apprehendito.

Q iij

APHOR. L.

Mulieri menses si cohibere voles, cucurbitam quàm maximam ad māmas appone.

VEntouzes sur mammelles mises,
Arrestent sang moüillant chemises.

APHOR. LI.

Quæcumque vterum gestant, his osculum vterorum clausum est.

A Femme dont ventre grossit,
Bouche d'amarry s'estrecit.

APHOR. LII.

Mulieri vterum gestanti si multum lac ex mammis fluit, debilem fœtum significat. Si verò solidę fuerint mammæ, saniorem fœtum significant.

FEmme grosse, dont la mammelle
De lait incessamment ruisselle,
Porte vn fruit debile & mal sain,
C'est vn signe qu'il meurt de faim:
Mais quand ell' a mammelle dure,
Son fruit est ferme & mal n'endure.

APHOR. LIII.

LA matrice & sein ne sont qu'vn,
Je crois qu'ils viuent en commun;
Car si le sein n'a la chair forte,
C'est signe qu'en bref femme auorte:
Mais si le sein deuient plus dur,
Le terme de l'enfant est seur,
Quand le mal se poste ou s'épanche
Sur l'œil, le genoüil, ou la hanche.

Quæ corrū-
pturæ sunt
fœtus, his
mammæ gra-
ciles fiunt. Si
verò rursus
duræ fiant,
dolor erit aut
in mammis,
aut in coxis,
aut in oculis,
aut in geni-
bus, & non
corrumpunt.

APHOR. LIV.

QVand l'orifice parest dur,
Cette dureté fait vn mur
Qui rend la matrice fermée,
Scirrheuse, tendüe, enflammée.

Quibus os
vterorum du-
rum est, his
necesse est
osculum vte-
rorum clau-
sum esse.

Quæcumque
in vtero ha-
bentes, à fe-
bribus corri-
piuntur, &
fortiter atte-
nuantur sine
manifesta oc-
casione, diffi-
culter pariūt
& periculosè,
aut abortum
facientes pe-
riclitantur.

APHOR. LV.

FEmme grosse que fievre tient,
Qui sans sujet maigre deuient,

N'accouche sans peur & sans plainte,
Et d'auorter doit auoir crainte.

APHOR. LVI.

In fluxu mu-
liebri, con-
uulsio & ani-
mi deliquium
si accedat,
malum est.

COnvulsion & mal de cœur
A mois qui coulent font grand'peur.

APHOR. LVII.

Mensibus
pluribus pro-
deuntibus
morbi fiunt,
& non pro-
deuntibus,
ab vtero
morbi con-
tingunt.

MOis trop coulans font maladie,
Ou sans peine on ne remedie:
Mois retardans, ou retenus
Augmenteront les reuenus
De Messieurs les Apotiquaires,
Qui par acier, qui par clysteres
Chasseront pour les profits leurs
La source des palles-couleurs:
Mais contre l'vne & l'autre cause
On se peut seruir d'eau de loze.

APH. LVIII.

APHOR. LVIII.

SI matrice ou le boyau droit,
Qui forme ce vilain endroit
Qu'en François on appelle siege,
Quelque inflammation assiege;
Ou si les reins souffrent abscez,
L'vrine ne sort par excez,
Mais elle file goute à goute;
Les pays-bas sont en déroute.
Foye enflammé fait le hoquet,
Pire qu'vn capot ou piquet.

Ex intestino recto, & vtero inflammato, vrinæ stillicidium accedit, & ex renibus suppuratis vrinæ stillicidium accedit. Verùm ex hepate inflammato, singultus accedit.

APHOR. LIX.

DE femme terre labourée,
Qui de fruict n'est point decorée;
Pour connoistre bien comme il faut
Duquel des deux vient le defaut,
Mets-la sur la chaire percée,
Juppe soit sur juppe entassée,
Et ta parfume par le bas
De benjoin & de storas:

Si mulier in ventre non concipit, velis autem scire an conceptura sit, vestimentis circùtectam ex infernis suffito. Et si quidem odor per corpus tibi procedere videatur ad nares & ad os, scito quòd ipsa non propter seipsam infœcunda est.

R

Si l'odeur blesse les narines,
La bouche & levres corallines,
Dis à l'oreille vn petit mot,
Que son mary n'est qu'vn franc sot,
Qu'il ne tient qu'à la Damoiselle
Qu'elle emplisse son escarcelle :
On rendra son champ plantureux
Rendant son mary vigoureux ;
Autrement qu'elle patiente,
Et de peu qu'elle se contente.

APHOR. LX.

Si mulieri v-
terum gestâ-
ti purgatio-
nes prodeût,
impossibile
est fœtum sa-
num esse.

SI les mois vont tousiours leur train
A femme grosse, fruict n'est sain.

APHOR. LXI.

Si mulieri
purgationes
non prodeût,
neque horro-
re, neque fe-
bre acceden-
te : verùm ci-
bi fastidia ipsi
accidunt, hâc
in ventre ha-
bere existi-
mato.

FEmme à qui les mois se retiennent,
Si fievre & rigueurs ne suruiennent,
Que viures luy fassent horreur,
Et la fassent tirer du cœur ;
Si tu luy promets qu'ell' est grosse,
Tu ne luy diras chose fausse.

APHOR. LXII.

FEmmes qui veulent conceuoir,
Ne doiuent la matrice auoir
Ou trop froide, ou bien trop épaiſſe:
Femmes qui ſuffoquent de graiſſe,
Dont trop humides ſont les lieux,
A conceuoir ne valent mieux.
Vn fin Laboureur ne s'engage
A ſemer dans le mareſcage.
Matrices trop pleines de feu
Ne retiennent ni prou ni peu.
Croupe ſeiche boit comme éponge
La ſemence que l'homme y plonge,
Les temperamens mitoyens
Produiſent plus de citoyens.

APHOR. LXIII.

IL en eſt de meſme du maſle,
Car d'vn corps ſubtil tout s'exhale,
D'vn corps trop épais rien ne ſort:
Vn corps froid eſt compté pour mort,

R ij

Quæcumque frigidos ac denſos vteros habent, non concipiunt: & quæcumque humidos habent vteros, non concipiunt. Extinguitur enim in ipſis genitura. Et quæcumque ſiccos magis & aduſtos. Præ inopia enim alimenti corrumpitur ſemen. Quæcumque verò ex vtriſque temperamentum habeat moderatum, tales fœcundæ fiũt.

Similiter autem in maſculis. Aut enim propter corporis rariⸯtatem, ſpiritus extra fertur, vt ſemen non deducat: aut propter denſitatem, humor non procedit foras: aut propter frigiditatem non concaleſcit, vt ad hunc locum coaⸯ

gregetur: aut propter caliditatem, hoc idem contingit.

Et la chaleur immoderée
Bruſle les fruicts de Cytherée.

APHOR. LXIV.

Lac dare caput dolentibus, malum. Malum etiam febricitantibus, & quibus præcordia eleuata murmurantia, & ſiticuloſis. Malum & quibus bilioſæ alui egeſtiones in febribus acutis ſunt, & quibus ſanguinis multi egeſtio facta eſt. Conuenit autem exhibere tabeſcétibus, non valde multùm febrientibus, & in febribus longis, debilibus, nullo ex prædictis ſignis præſente, ſed præter rationem conſumptis.

*L*Aict-ſang qui blanchit dans le ſein,
A mal de teſte n'eſt pas ſain;
Et fuſt-il de vache ou de chevre,
Il ne conuient pas à la fievre.
Aux hypochondres ſuſpendus,
Grondans, enflammez, & tendus
A la ſoif, au flux de la bile,
Au ſang qui par excez diſtile,
Ou par excez a diſtilé,
Il ſe conuertit en caillé,
Qui fait au corps puant fromage,
Ennemi de l'humain lignage,
Aliment infect & maudit,
Quoy qu'à Salerne on nous ait dit:
Mais quand la fievre n'eſt pas grande,
Il ſert de remede & de viande
Aux poûmons ou ſecs, ou pourris,
Aux corps affamez, & maigris,
Aux fievres de longue durée
Par laict nature eſt reparée;

C'eſt vn fort commode aliment,
Quand il ne treuue empeſchement;
Il remet, il blanchit les coines,
Et nous rend auſſi gras que Moines.

APHOR. LXV.

QVand vlcere ou playe ont tumeur,
Ils ne font interne rumeur,
Ny convulſion, ny furie :
Mais quand la tumeur eſt perie,
Et s'éuanoüit tout à coup:
De maux elle donne beaucoup ;
Car ſi la tumide matiere
Se cache deuers le derriere,
Convulſion ſaiſit le corps,
Qui fait mains courtes & pieds tors:
L'on eſt affligé du tetane
Qui met le corps en ſarbatane:
Si tumeur comme mauuais vent
Gaigne en cachette le deuant,
Le bleſſé chantera goguette,
Se fera ſeruir à baguette,
Ne fuſt-il que ſimple valet.
Coſtes font mal, pus comme lait

Quibus tumores in vlceribus apparent, non valde conuelluntur, neque inſaniunt. His autem derepentè diſſipatis, retrorſum quidem conuulſiones & diſtentiones fiunt: antrorſum verò, inſaniæ, lateris dolores acuti, aut ſuppuratio, aut dyſenteria, ſi rubicundi magis fuerint tumores.

Font l'empyeme ou la vomique
Cachée en arriere-boutique:
Ce reflux enfin dans le flanc
Fera naiſtre le flux de ſang,
Si deuant la tumeur cachée
La peau de rouge eſtoit tâchée.

APHOR. LXVI.

Si in vulneri-
bus fortibus
ac prauis, tu-
mor non ap-
pareat, ma-
gnū malum.

PLus l'ennemi ſe tient caché,
  Plus Capitaine eſt empeſché:
Grandes playes qui ne font boſſes,
Courent riſque de faire foſſes.

APHOR. LXVII.

Tumores
molles boni,
crudi mali.

LEs tumeurs molles vont au bien,
  Cruës tumeurs ne valent rien.

APHOR. LXVIII.

Dolenti po-
ſteriorem ca-
pitis partem,
vena recta in
fronte ſecta
prodeſt.

LA douleur derriere la teſte,
  Par ſang tiré du front s'arreſte.

Et par cette operation
L'on comprend sa reuulsion.

APHOR. LXIX.

Rigueur à race feminine,
Commence au dos ou à l'eschine,
Et puis se campe vers le chef,
Où souuent elle fait mechef:
Cette rigoureuse matiere
Saisit le masle par derriere,
Car derriere est vilain endroit,
Sans barbe, sans yeux, & tout froit:
Mais à frisson qui corps regrisse,
Saisit & col, & coude, & cuisse:
Pardeuant le poil est plus dous,
Et qu'ainsi ne soit, les poils fous,
Ou poil follet à menton pique:
Mais le dos au poil fait la nique,
Ou si le poil vient à garçon
Il seroit fort comme Samson.

Rigores inci-
piunt, mulie-
ribus quidem
ex lumbis
magis, & per
dorsum ad
caput. Ve in
& viris magis
posteriore
corporis par-
te quàm an-
teriore, velut
ex cubitis ae
femotibus.
Sed & cutis
rara est In-
dicat autem
pilus.

APHOR. LXX.

Qui à quar-
tanis corri-
piuntur, non
ita valdè à
conuulfioni-
bus corripiu-
tur. Si verò
prius corri-
piantur, &
quartana in-
fuper acce-
dat, ceffant.

FIevre quarte, fievres bigearres,
　Et conuulfion ioüent aux barres,
Quand l'vne vient, l'autre s'en va,
Iamais homme ne les treuua
Gronder & rechigner enfemble,
Si toft que fievre quarte on tremble
Dans le lit, ou contre le feu,
Conuulfion ceffe fon jeu.

APHOR. LXXI.

Quibus cutis
circumtendi-
tur arida ac
dura, hi fine
fudore mo-
riuntur Qui-
bus verò laxa
ae rara, cum
fudore mo-
riuntur.

MOribonds à qui le cuir grille,
　Et vient par points comme vne eftrille,
Finiffent fans moüiller la peau:
Les mollets viennent tout en eau,
Et leur pauure humeur radicale,
Par le cuir s'écoule & s'exhale.

APHOR. LXXII.

Morbo regio
laborantes,
non ita valdè
flatuofi funt.

RArement de ventofitez
　Icteriques font tourmentez.
SECTION VI.

SECTION VI.

APHOR. I.

S I l'on apperçoit vn rot aigre
A mal qui rend perſonne maigre,
Quand depuis long-temps elle rend
Les viures comme elle les prend:
Ce rot aigre auec ſa grimace,
Signifie bon prou vous face;
Car il denote qu'aliment
Sejourne au corps plus longuement.

In diuturnis
inteſtinorum
læuitatibus,
ructus acidus
accedens, qui
prius non
erat, ſignum
bonum.

APHOR. II.

L Es nés touſiours pleins de roupie,
Les pays bas mols comme pluye
Ne ſont pas vendeurs de ſanté,
Vn corps ſec n'eſt pas ſi gâté,
Sur luy le mal a moins de priſe;
Gens ſecs attrapent barbe griſe.

Quibus nares
natura humi-
diores, & ge-
nitura humi-
dior, morbo-
ſius ſani ſunt:
quibus verò
vice verſa,ſa-
lubrius.

S

APHOR. III.

In longis in-
testinorum
lænitatibus,
cibi fastidiū
malum, & cū
febre pęius.

TOut va mal quand malgré ragoust
Liénterique est en degoust;
Et si fieure est de la partie
On dance vn bransle de sortie.

APHOR. IV.

Vlcera circū
glabra mali-
gna sunt.

CEs vlceres font mauuais tour,
Qui n'ont point de poil à l'entour.

APHOR. V.

Doloresin la-
teribus, & in
pectoribus, &
in aliis parti-
bus, an mul-
tum differūt,
consideran-
dum est.

QVe sage Medecin s'applique
Vn peu plus que fol Empirique,
A considerer les douleurs
De costé, poitrine, ou d'ailleurs,
Ce qu'elles ont de plus enorme,
Et de plus ou de moins conforme,
Et ne fasse en jugeant des maux,
Comme de selle à tous cheuaux.

APHOR. VI.

TV croiras comme prophetie,
Que mal de reins & de veßie,
Quoy qu'on y mette de l'argent,
Guerit fort peu chez vieille gent.

Renum affe-
ctiones, &
quæ circa ve-
ficam confi-
ftunt, operofè
fanantur in
fenibus.

APHOR. VII.

LEs douleurs de ventre fublimes
Ne font pas du genre des crimes,
Douleurs qui ne paroiffent pas,
Bien fouuent font paffer le pas.

Dolores circa
ventremficn-
tes, fublimes
quidemfieues
funt, non au-
temfublimes,
fortiores.

APHOR. VIII.

LEs vlceres d'vn hydropique,
A tous les onguents font la nique.

Hydropicis
quæ fūt vlce-
rain corpore,
non facilè fa-
nantur.

S ij

APHOR. IX.

Latæ puftulæ
nõ valde
pruriginofæ
funt.

LArge puftule, orde toifon,
Ne fait grande demangeaifon.

APHOR. X.

Caput dolen-
ti & circum-
dolenti, pus,
aut aqua, aut
fanguis fluês
per nares aut
os, aut aures,
foluit mor-
bum.

B'en toft fe finit la tempefte
Si quand on a mal à la tefte,
Ou à qu'elqu'vn des enuirons,
Qui fait tourner comme pirons,
Par le nés, l'oreille & la bouche,
L'on crache, l'on vuide, l'on mouche,
Pus, eau, fang ou autre liqueur,
Cela déueloppe le cœur.

APHOR. XI.

Atrabiliariis,
& phreniti-
cis, hæmor-
rhoides acce-
dentes, bo-
num.

GRand bien fait mal de fainct Fiacre,
Qui veut dire autant que fi acre,
Quand on vuide le fang du cu
A gens mornes comme vn cocu,

A la phrenesie enragée,
Par le cul la teste est purgée.

APHOR. XII.

AMY, tu te rendras beau fils,
Si en guerissant les vieux fis,
Qui s'appellent hemorroïdes,
Tumeurs du cul pleines de rides,
Tu n'en laisses vne du moins,
Et la conserues par tes soins :
Ce reflux fait l'hydropisie,
Ou la haue & maigre phthisie.
Ainsi, dit-on, qu'vn chicaneur,
Pouuant sortir auec honneur
Et profit auec ses parties,
Et rendre causes amorties,
Dit que s'il ne s'en reseruoit
Vn cent de trois cent qu'il auoit :
Pour auoir vn peu d'exercice
Il tomberoit dans la iaunisse,
Et pardessus, ou quant & quant,
Dans vn catarrhe suffoquant.
Donc par fois mal on remedie
A procez comme à maladie.

Hæmorrhoï-
das sananti
diuturnas, si
non vna ser-
uata fuerit,
periculum est
hydropem
aut tabem ac-
cedere.

S iij

APHOR. XIII.

A singultu detentio, sternutationes accedentes soluuat singultum.

L'Eternuëment du hocquet
Fait soudain cesser le tracquet.

APHOR. XIV.

Ab hydrope detento, vbi aqua in venis ad ventrem confluit, solutio fit.

HYdropique à grosse bedaine,
Quand eau verte de veine en veine
S'écoule dans les boyaux,
Remontera sur ses cheuaux.

APHOR. XV.

A profluuio alui longo correpto, vomitus sponte accedens, soluit alui profluuium.

VOus auriez de la peine à croire
Combien profite à vieille foire
Un vomissement naturel:
Ma foy le profit en est tel,
Que foire plus viste s'arreste
Q'vn voyageur par la tempeste.

APHOR. XVI.

A Mal de coste ou de poûmon,
Ventre qui coule n'est pas bon,
Juge si ce n'est heresie
De purger dans la pleuresie.

A pleuritide aut peripneumonia occupato, alui profluuium accedens, malum.

APHOR. XVII.

V Entre qui coule sert aux yeux
Bordez, pesans, & chassieux:
Porte ainsi de derriere ouuerte
Aux vns fait bien, aux autres perte.

Lippientem alui profluuio corripi, bonum.

APHOR. XVIII.

Q Vand drole qui fait le méchant
D'estoc, de pointe ou de tranchant,
Par hazard, ou bien par querelle
A percé vessie ou ceruelle,
Cœur, brechet, ou gresle intestin
Ou ventricule son voisin,

Vesicam dissectam habenti, aut cerebrum aut cor, aut septum transuersum, aut tenue aliquod intestinum, aut ventriculum, aut hepar, lethale est.

Ou le Prince Cardinal foye,
On eſt à la fin de ſa ioye.

APHOR. XIX.

Vbi diſſectum
fuerit os, aut
neruus, aut
genæ pars te-
nuis, aut præ-
putium, ne-
que augeſcit,
neque coaleſ-
cit.

Os fracaſſé ne s'accroîſt point,
Et iamais il ne ſe rejoint :
Cartilage, nerf, bout de iouë,
Ce qui fait tres-vilaine mouë,
N'y le prepuce que les Iuifs
Et Turcs font couper à leur fils.

APHOR. XX.

Si in ventrem
ſanguis effu-
ſus fuerit præ-
ter naturam,
neceſſe eſt
ſuppurari.

Tout ſang épanché qui ſejourne
Hors des veines, en pus ſe tourne.

APHOR. XXI.

In inſanien-
tibus, varici-
bus aut hæ-
morrhoidi-
bus acceden
tibus, inſaniæ
ſolutio fit.

Sang noirci qui monte au cerueau
De raiſon eſteint le flambeau :
On reprendra raiſon & ioye
Si nature ce ſang renuoye

Aux

Aux cuisses, ou au fondement,
Vtile est tel débordement.

APHOR. XXII.

Douleurs, ruptures, rheumatismes,
Qui font comme des cataclismes,
Des vertebres du dos au bras,
Et saisissent par haut & bas,
Qui font crier misericorde,
Et remuer par vne corde,
Quoy que disent meschans Souffleurs,
Charlatans, fourbes, embaleurs,
Qui par leur Empirique leurre
Donnent moins de pain que de beurre;
(Non beurre Flamand ou Breton,
Mais de soulphre, antimoine ou plomb)
Ce beurre graisse bien leur bource,
Mais du mal il ne tarit source:
Si tu veux guerir promptement,
Saigne beaucoup, saigne hardiment;
Ie l'ay fait mil fois en ma vie,
Que santé s'en est ensuiuie.

Quicumque
dolores ex
dorso ad cu-
bitos descen-
dunt, venæ
sectio soluit.

APHOR. XXIII.

Si timor & tristicia multo tempore perseueret, atrabiliarium hoc signum est.

TRisteſſe & crainte ſans procez,
Sans querelle, ou mauuais ſuccez,
Sont fourriers de melancholie :
Cett' humeur meine à la folie.

XXIV. ſuprà.

APHOR. XXV.

Igne ſacrum ab externis intrò conuerti, nonbonum : ab internis verò extra, bonũ.

LEs eriſypeles ardens,
Qui vont du dehors au dedans,
Sont vne fort mauuaiſe affaire :
S'ils prennent vn chemin contraire,
Marchans du dedans au dehors ;
Ce cours eſt pour le bien du corps.

APHOR. XXVI.

Quibus in febribus ardentibus tremores facti fuerint, mentis emotio ſoluit.

TRemblement en fievres ardentes,
Qui font dancer triſtes courantes,

Lors que le delire ſuruient,
Ils ceſſent, & puis la mort vient.

APHOR. XXVII.

VN Medecin doit eſtre ſage,
 Et doit faire tout par meſnage,
Et vuider auec charité
Ce qui meſme nuit à ſanté:
Quand il fait percer Empiyque,
Ou le gros ventre d'hydropique,
En vuidant le pus & les eaux,
Il ne faut vuider à pleins ſeaux;
S'il vuide trop à coup, la vie
Entre ſes mains ſera rauie.

Quicumque
ſuppurati aut
hydropici, ſe-
cantur, aut
vruntur, hi
purè aut aqua
aceruata ef-
fluente omni-
no, moriũtur.

APHOR. XXVIII.

Bien que filles n'ayent à gré
 Viſage ſans poil de chaſtré;
(Voyez-vous bien, dit la pucelle,
D'argent il n'a point de vaiſſelle)
Chaſtrez ne ſont iamais goutteux,
Et ne perdent point les cheueux.

Eunuchi non
laborant po-
dagra, neque
calui fiunt.

T ij

APHOR. XXIX.

Mulier non laborat podagra, fi non menfes ipfi defecerint.

FEmme iamaïs n'aura la goute
Si les mois gardent bien leur route.

APHOR. XXX.

Puer non laborat podagra, ante veneris vfum.

GOuteux ne fera le garçon
Si folie il n'a fait de fon......
Vous m'entendez bien fans le dire,
Je ne veux & n'ofe l'efcrire.

APHOR. XXXI.

Oculorum dolores meri potus, aut balneum aut fomentum, aut venæ fectio, aut medicamenti potio foluit.

VEux-tu guerir du mal des yeux?
Bois du vin bien fort & bien vieux;
(Si le mal eft fait de froidure,
Et que depuis long-temps il dure)
Mais s'il vient d'inflammation,
Bain, faignée, ou purgation,
(Ie l'aimerois mieux en clyftere)
Sont aux yeux chofe falutaire.

APHOR. XXXII.

Es begues font fouuent foireux,
Et la plufpart du temps fougueux.

Balbi ab aluī
profluuio lõ-
go maxime
corripiuntur.

APHOR. XXXIII.

Vand on eft fubjet à l'aigrette,
Et qu'on rotte vn gouft de vinette,
On n'eft pas beaucoup tourmenté
De l'afpre douleur de cofté.

Acidum ru-
ctum haben-
tes, non ita
valde pleuri-
tici fiunt.

APHOR. XXXIV.

Eftes chauues ne font fubjetes
A cuiffes noires & mal-faites;
Et quand cuiffe à chauue groffit,
Auffi-toft le poil s'épaiffit.

Quicumque
calui funt, his
varices ma-
gnæ non fiūt.
Quicumque
verò caluis
varices acce-
dunt, hi rur-
fus hirfuti
funt.

APHOR. XXXV.

Vand toux furuient à l'hydropique,
Il faut qu'il ferme fa boutique.

Hydropicis
tuffis acce-
dens, malum.

T iij

APHOR. XXXVI.

Vrinæ diffi-
cultatem fol-
uit venæ fe-
ctio. Secare
verò oportet
internas.

LOrs qu'en piſſant on fait ahan,
Sans employer maiſtre Abraham,
Qui tarira pluſtoſt ta bourſe,
Qu'à l'vrine rendre ſa courſe :
Saigne, ſoit au pied, ſoit au bras,
Et ſans tarder tu gueriras.

APHOR. XXXVII.

Ab angina
detento tu-
morem fieri
foris in collo,
bonum eſt.

MAl qui en male gallant trouſſe,
Dit Angine qui dehors pouſſe,
Et rend le col tout empeſché,
Eſt bien meilleur qu'vn mal caché.

APHOR. XXXVIII.

Quibuſcum-
que occulti
cancri fiunt,
eos non cu-
rare melius
eſt. Si enim
curantur, ci-
tius moriun-
tur. Si verò
non curentur,
multum tem-
dus perdurãt.

N'Employe ni papier ni ancre
A donner recipez à chancre,
Et ſur tout aux chancres profonds
Dont on ne peut treuuer le fonds :

Car le fer, l'onguent, ou la poudre,
L'augmentent au lieu de resoudre,
Ne rien faire allonge les iours,
Quand on y touche ils sont plus courts:
Lors que ce mal afflige l'homme,
Noli me tangere se nomme.

APHOR. XXXIX.

Conuulsion & le hocquet,
Sont de corps ou vuide ou replet.

Conuulsio fit
aut à reple-
tione, aut
euacuatione.
Sic autem &
singultus.

APHOR. XL.

Quand douleur presse l'hypochondre,
Fievre qui suruient la fait fondre,
Si l'inflammation n'est pas,
Car la mort suruient en ce cas.

Quibuscum-
que citra
præcordia
dolores fiunt,
absque infla-
matione, his
febris acce-
dens dolo-
rem soluit.

APHOR. XLI.

Quand en corps est pus ou sanie,
Qu'on ne voit & qu'on ne manie,

Quibuscum-
que suppura-
tum quid in
corpore exi-
stens, signifi-
cationem de
se non præ-
bet, his pro-
pter puris an-

loci craffitu-
dinem, fui fi-
gnificati·né
non exhibet.

L'eſpaiſſeur du membre ou du pus,
Les empeſche d'eſtre apperceus.

APHOR. XLII.

Morbo regio
laborantibus
hepar durum
fieri malum
eſt,

EN jauniſſe eſt double amertume,
Si foye eſt dur comme vn enclume.

APHOR. XLIII.

Quicumque
ſplenici à dy-
ſenteria cor-
ripiuntur, his
longa-acce-
dente dyſen-
teria, aut hy-
drops acce-
dit, aut inte-
ſtinorum læ-
uitas, & per-
eunt.

RAteleux qui battent du flanc,
Et de long-temps perdent du ſang,
Qui les plonge en dyſenterie,
Il leur ſuruient lienterie,
Le ventre enfle comme vn tambour,
Apres il faut dire bon iour.

APHOR. XLIV.

Quibuſcum-
que ex vrinæ
ſtillicidio
voluulus ac-
cedit, hi in
ſeptem die-
bus pereunt,
ſi non febre
accedente
vrina ſatis
fluxerit.

MIſerere ſur ſtrangurie,
En ſept iours met à la voirie:
Que ſi par hazard fieure époint,
Et que l'on piſſe bien à point,

Le

Le malade aura du relasche,
Marchera sur plancher à vache.

APHOR. XLV.

Vlceres qui ont an & iour,
    Font aux os quelque mauuais tour;
Ils les rongent comme écreuisses,
Et font profondes cicatrices.

Vlcera quæcumque annua fiunt, aut diutius durãt, necesse est os abscedere, & cicatrices cauas fieri.

APHOR. XLVI.

Qvand dos ou de Moine ou d'Abbé,
    Par asthme ou par toux est courbé,
Auant que poil follet regrisse,
Il fait vaquer le Benefice.

Quicumque gibbosi ex anhelatione aut tussi fiunt, ante pubertatem pereũt.

APHOR. XLVII.

Pour saigner & purger à temps,
    Il n'est rien tel que le Printemps.

Quibuscumque venæ sectio, aut medicamentum conducit, his vere venam secare, aut medicamentum purgans exhibere cõuenit.

V

APHOR. XLVIII.

Splenicis dy-
fenteria acce-
dens, bonum.

LA caquefangue à ratte dure,
Quand fort peu de temps elle dure,
Deratte mieux que le couteau
Dont affronteur picque la peau.

APHOR. XLIX.

Quicumque
podagrici
morbi fiunt,
hi fedata in-
flamm t one,
in quadragin-
ta diebus re-
ftituuntur.

GOutte qui rend la chair mal faine,
De tours dure la quarantaine.

APHOR. L.

Quibus cere-
brum diffe
ctum fuerit,
his neceffe eft
febrem, & bi-
lis vomitum
accedere.

QVand le cerueau fera bleffé
De fiéure l'on fera preffé,
Puis de vomiffement de bile,
Qui rend perfonne fort debile.

APHOR. LI.

QVand au plus fort de la santé
On est tout à coup entesté,
Et qu'on est saisi par la langue
Sans pouuoir former de harangue,
Que l'on ronfle comme vn pourceau
Dans sept iours on est à vauleau,
(Et bon Chrestien au cimetiere)
Si fiéure ne vient qui digere;
Car sa chaleur en consommant
Les retire du monument.

Quibuscum-
que sanis de-
repentè do-
lores fiunt in
capite, & sta-
tim voce in-
tercepta ia-
cent, ac ster-
tunt, in septõ
diebus pere-
unt, si non fe-
bris appre-
hendat.

APHOR. LII.

DAns les afflictions mortelles,
Il faut voir le tour des prunelles:
Sur tout quand le malade dort,
Car c'est vn vray signe de mort,
Quand blanc paroist, & que paupieres
S'esteignent & ne tiennent gueres,
Si ventre de soy n'a coulé
Ou par purgatif aualé;

Considerare
verò oportet
etiam sub
oculis appa-
ritiones in
somnis. Si
enim albæ
partis quid
subapparue-
rit, non com-
missis palpe-
bris, si id non
ex alui pro-
fluuio, aut
medicamenti
potu fuerit,
malum signũ
& valde le-
thale est.

V ij

Car quoy que chose soit hideuse,
En ce cas ell'est moins facheuse.

APHOR. LIII.

Desipientiæ
cum risu qui-
dem sientes,
securiores
sunt, cum stu-
dio verò se-
rio, periculo-
siores.

A Lors qu'en fiéure homme réueur
Rit & paroist de bonne humeur,
Il ne court pas tant de fortune,
Mais vn réueur plein de rancune,
Et de souci, gros de chagrin,
Pourroit bien perdre le terrin.

APHOR. LIV.

In acutis affe-
ctionibus,
quæ cum fe-
bre fiunt, lu-
ctuosæ respi-
rationes, ma-
lum.

LEs souspirs qu'en fiéure l'on pousse,
Et qui ne viennent qu'à secousse,
Denotent que le feu s'est pris
Au cœur, la source des esprits.

APHOR. LV.

Podagricæ
affectiones
vere & autú-

GOutte qui n'est chose fort bonne,
Retourne en Printemps ou Autonne:

Goutte en quelque temps que ce ſoit,
Fait mal à pied, genoüil, ou doigt.

no vt pluri-
mùm mouen-
tur.

APHOR. LVI.

Vx maux nés de melancholie,
Dangereuſe en eſt la ſaillie,
Et le tranſport de bas en haut,
Qui donne à la ceruelle aſſaut:
Ou par la triſte apoplexie,
Ou la hideuſe epilepſie,
Ou creue l'œil, ou rend col tors,
Ou trouble l'ame en ſes reſſorts.

Atrabilariis
morbis peri-
culoſi humo-
rum à loco ad
locum decu-
bitus, aut ſi-
derationem
corporis, aut
conuulſioné,
aut inſaniam,
aut cæcitaté
ſignificant.

APHOR. LVII.

Poplexie eſt plus frequente
De quarante ans juſqu'à ſoixante.

Siderationes
verò maxi-
mè fiunt à
quadrageſi-
mo anno vſ-
que ad ſexa-
geſimum.

APHOR. LVIII.

A coëffe des boyaux perit
Quand on la coupe, & ſe pourrit.

Si omentum
exciderit ne-
ceſſe eſt pu-
treſieri.

V iij

APHOR. LIX.

Quibuscum-
que à coxen-
dicum morbo
vexatis; coxa
excidit, &
rursus inci-
dit, his muci
accedunt.

SCiatique mal de martyre,
Quand cuisse tourne & se retire,
C'est signe que cuisse produit
Dedans sa boite un fin enduit.

APHOR. LX.

Quibuscum-
que à coxen-
dicum mor-
bo diuturno
vexatis, coxa
excidit, his
crus tabescit,
& claudicât,
si non vsti
fuerint.

ALors qu'en vieille sciatique
Cuisse étressit, cuisse est hectique,
Mets-y le feu pour empescher
La pauure cuisse de clocher.

SECTION VII.

APHOR. I.

Les maux aigus sont sans remedes,
Quand les extremitez sont froides.

In acutis morbis frigiditas extremarum partium, malum.

APHOR. II.

QVand chair est liuide en mal d'os,
On prendra le dernier repos.

Ex osse ægrotante, caro liuida, malum.

APHOR. III.

C'Est vn signe fort peu propice
Quand on a les yeux d'escreuice,
Et sur vomissement hocquet,
Il faudra faire son pacquet.

Ex vomitu singultus, & oculi rubicundi, malum.

APHOR. IV.

Ex sudore bonum, non bonum.

C'Est vne affaire fort peu bonne
Quand apres sueur on frissonne.

APHOR. V.

Ex insania, dysenteria, aut hydrops, aut mentis emotio, bonum.

QVand le ventre enfle, ou qu'intestins
Versent le sang à pleins bassins,
Ou quelque prompt transport agite
Gens dont la ceruelle est mal cuite,
Que tout prenne & laisse soudain,
Le malade en peu deuient sain.

APHOR. VI.

In morbo diuturno cibi fastidium, & meracæ alui egestiones, malum.

LOrs qu'en longueur de maladie
Viure put dequoy qu'on conuie,
Et quand on voit les excremens
Sans eau comme vin d'Allemans,
Tout est cuit, & l'on peut bien dire
A Medecin, qu'il se retire.

APHOR. VII.

APHOR. VII.

Q
Vand à maſſe, tope, cric, croc
Du verre on a fait trop de choc,
Crainte eſt que l'yurogne ne creue
Alors qu'il friſſonne, ou qu'il réve.

Ex multo po-
tu rigor, &
delirium,
malum.

APHOR. VIII.

V
Omique qui creue au dedans
Fait de tres-fâcheux accidens;
Elle jette l'homme en ſyncope,
Dont à peine il ſe déueloppe,
Fait vomir & fait mal au cœur,
Et le mal enfin eſt vainqueur.

Ex tuberculi
intus ruptio-
ne, exolutio,
vomitus, &
animi deli-
quium fit.

APHOR. IX.

Q
Vand ſang a coulé de furie,
Conuulſion ou réverie,
Par trop, ou trop peu de vapeur,
Tout cela doit faire grand peur.

Ex ſanguinis
fluxu deli-
rium, aut
etiam con-
uulſio, malũ

APHOR. X.

A
Vx boyaux affligés d'entorce,
Mal qui rauit humaine force

Ex voluulo
vomitus, aut
ſingultus, aut
conuulſio,
aut delirium,
malum.

X

Qui se nomme Miserere,
Vomir, hocquet, sens égaré,
Ou conuulsion qui se monstre,
Fait aux Prestres faire la monstre.

APHOR. XI.

Ex pleuritide peripneumonia, malum.

A *Mal de costé n'est pas bon*
Quand il suruient mal de poûmon.

APHOR. XII.

Ex peripneumonia phrenitis, malum.

A *Face par poûmon rougie,*
S'il vient par surcroist phrenesie,
C'est signe que flamme est par·tout,
Tel malade est bien tost à bout.

APHOR. XIII.

Ex ardoribus vehementibus conuulsio, aut distentio, malum.

M *Al quand à chaleur excessiue,*
Quelque conuulsion arriue.

APHOR. XIV.

Ex plaga in caput, stupor, aut deliriū, malum.

A *Lors que teste à souffert choc,*
Par fer, poing, bois, ou cheute, ou roc,

La stupeur ou l'extrauagance
Sont signes de forte souffrance.

APHOR. XV.

APrés sang craché, crachant pus,
C'est à dire qu'on n'en peut plus.

Ex sanguinis
sputo, puris
sputum, ma-
lum.

APHOR. XVI.

PVs craché conduit à phthisie,
Qui rend la bouche empunaisie,
Et crachat s'arrestant tout cour
Marque la mort au premier iour.

Ex puris spu-
to, tabes, &
fluxus, malû
Postquam ve-
rò sputum
supprimitur,
moriuntur.

APHOR. XVII.

FOye enflammé que hocquet presse,
Il faut que ses bottes on graisse.

Ex hepatis
inflamatio-
ne singultus,
malum.

APHOR. XVIII.

QVand vn malade a tant veillé
Qu'il en a le cerueau grillé,
Conuulsion ou reverie
Qui viennent, sont signe d'hoirie.

Ex vigilia
conuulsio,
aut delirium,
malum.

X ij

APHOR. XIX.

Ex ossis denudatione, ignis sacer, malum.

E Risypele jaune ou vert ,
Est mortel à l'os découuert.

APHOR. XX.

Ex igne sacro, putrefactio, aut suppuratio.

LE mesme rend trame finie,
S'il rend pourriture ou lomie.

APHOR. XXI.

IL en faut dire tout autant
De lethargique tremblotant.

APHOR. XXII.

Ex forti pulsu in vlceribus, sanguinis eruptio, malum.

QVand veines battent par outrance,
Que le sang sort en abondance,
C'est signe que pot bout trop fort ;
C'est bien plustost signe de mort.

APHOR. XXIII.

Ex dolore diuturno partium circa ventrem, suppuratio.

DOuleur de ventre inueterée
Produit matiere suppurée ,

Et quand le bas ventre pourrit
Difficilement on guerit.

APHOR. XXIV.

DYsenterie est mortifere
Apres deiection sincere.

Ex mera, á alui egesione, dysenteria.

APHOR. XXV.

QVand l'os de la teste est coupé,
Chaque sens demeure estoupé,
Et l'esprit mesme n'est solide
S'il penetre jusques au vuide.

Ex ossis dissectione delirium, si ad vacuum vsque processerit.

APHOR. XXVI.

COnuulsion à purgatif
Est vn accident trop chetif.

Ex medicamenti potione conuulsio, lethale.

APHOR. XXVII.

EN douleur qui le ventre pique,
Comme l'iliaque ou colique,
La froideur des extremités
Nous doit bien rendre épouuantés.

Ex dolore forti partium circa ventré, frigiditas extremarum partium, malum.

APHOR. XXVIII.

Mulieri vte-
rum gerenti,
tenesmus ac-
c̄-¹ ns abor-
acir.

A Femme groſſe les eſpreintes
D'auortement donnent des craintes.

APHOR. XXIX.

Si à pituita
alba detento,
vehemens
alui proflu-
uium acce-
dat, ſoluit
morbum.

F Lux & ſequence font grand bien,
    Non de cartes qui ne vaut rien,
Mais de ventre ſur l'anaſarque,
Ce flux fait rengainer la Parque.

APHOR. XXX.

Quibuſcum-
que ſpumoſæ
alui egeſtio-
nes ſunt ia
alui proflu-
uiis, his de
capite pituita
defluit.

Q Vand la groſſe tour de cerueau,
    Source de colle & de morueau,
Donjon & magazin de rhume
Se purge par bas ; blanche écume
Qui s'engendre par mouuement,
Paroit ſur le ſale excrement.

APHOR. XXXI.

Quibuſcum-
que febrici-
tantibus, in
vrinis ſub ſi-

Q Vand il ſe forme dans l'vrine
    Vn ſediment comme farine,

Tel mal eſt pour long-temps durer,
Et malade pour endurer.

dentiæ craſ-
ſiores polen-
tæ partes re-
ferentes fiũt;
longum mor-
bum ſignifi-
cant.

APHOR. XXXII.

N*Vage bilieux arguë*
Que la maladie eſt aiguë.

Quibus verô
bilioſæ ſubſi-
dentiæ, ab
initio tenues,
acutum mor-
bum ſignifi-
cant.

APHOR. XXXIII.

Q*Vand le ſediment ſe depart*
Semblant faire plus d'vne part,
Dis que le corps eſt plein de trouble,
Tout cela ne vaut pas vn double.

Quibuſcum-
que diſpara-
tæ vrinæſunt,
his vehemens
turbatio in
corpore eſt.

APHOR. XXXIV.

Q*Vand vrine forme boüillons,*
Maux de reins ſeront, & maux lons.

Quibus in
vrinis bullæ
ſuperſtant,
renum affe-
ctiones ſigni-
ficât, & mor-
bum fore lõ-
gum.

APHOR. XXXV.

H*Ypoſtaſe compacte & graſſe,*
Eſt quand grand mal rein embaraſſe.

Quibus pin-
gue eſt id
quod ſuper-
ſtat, & accr-
uatum, his
renum affe-
ctiones, eaſ-
que acutas ſi-
gnificat.

Quibus verò iam nephriticis ex renibus affectis prædicta si accidfit, resque musculos spinales fiunt, si quidē circa externos locos fiant, etiam abscessus extrinsecus futuros expecta Si verò dolores magis circa internos locos fiant, etiam abscessus magis intus fore expecta Quacumque sanguinem vomunt, sine febre quidē, salutare est: verùm cum febre malum. Perfrigerantibus autem & adstringentibus curare oportet.

Defluxiones in ventrem supernum, in viginti diebus suppurátur.

APHOR. XXXVI.

Ceux qui souffrent du mal aux reins,
Ont signes susdits pour certains ;
Si le mal s'estend vers l'espine,
En dehors il prend sa racine,
Sans autre forme de procés
En dehors il promet abscés ;
Mais si la douleur nous lanterne,
Par dedans l'abscés est interne.

APHOR. XXXVII.

Sang vomi sans fiévre est plus seur,
Mais vomi par fiévre il fait peur :
Qu'on resserre & qu'on rafraischisse,
Afin que malade guerisse.

APHOR. XXXVIII.

Rhumes en poitrine fondus
Suppurent en vingt iours au plus.

XXXIX. suprà.

APHOR. XL.

APHOR. XL.

SI quelqu'vn eſt pris par la langue,
Et ſans heſiter ne harangue,
Ou que quelque endroit a ſtupeur,
C'eſt vn fruit de noire vapeur.

Si lingua de
repente im-
potens ſit,
aut alicia
corporis pars
ſiderata,
atrabiliarium
tale exiſtit.

APHOR. XLI.

QVand vieillard trop purgé hocquette,
La mort ne fait point la mocquette.

Si ſenioribus
nimium pur-
gatis ſingul-
tus accedat,
non bonum
eſt.

APHOR. XLII.

SVr teſte eau chaude eſt à ſouhait,
A fievre que bile n'a fait.

Si febris non
à bile fiat,
aqua multa
calida in ca-
put affuſa, fe-
bris ſolutio
fit.

APHOR. XLIII.

LA femme, quoy que l'on la louë,
Des deux mains iamais bien ne iouë.

Mulieram-
bidextra non
eſt.

APHOR. XLIV.

QVand on bruſle internes abſcez,
Les choſes auront bon ſuccez,

Quicumque
ſuppurati
vruntur, ſi
quidem pus

Y

purum fluat
& album,
euadunt. Si
verò fuberu-
entum, &
carnofum, ac
graueolens,
pereunt.

Et l'on reuerra le College,
Si pus eſt pur, blanc comme neige;
S'il eſt rouge, cendré, puant,
La mort vient comme argent contant.

APHOR. XLV.

Quibus he-
par fuppu-
ratum aduri-
tur, fiquidem
pus purum
fluat, & al-
bum, fuperſti-
tes euadunt.
In tunica
enim pus his
ineſt. Si verò
velut amurca
fluat, pereūt.

QVand par pus on a bruſlé foye,
Qui n'eſt conte de mere l'oye,
Puis qu'Hippocrate nous l'a dit:
Si pus eſt pur, blanc, & bien cuit,
Cela tout bonheur nous indique,
Le pus n'eſt que dans la vomique,
Si comme rache d'huile il fort,
C'eſt vn parfait figne de mort.

APHOR. XLVI. XLVII. fuprà.

APHOR. XLVIII.

Vrinæ ſtilli-
cidium, &
vrinæ diffi-
cultatem,
vini potus &
venæ fectio
foluit. Secare
verò oportet
internas.

BOy du vin dans la ſtrangurie,
Cela tempere ſa furie,
Et fait piſſats plus abondans,
Mais perce veine du dedans.

APHOR. XLIX.

SI cerueau vient à se corrompre,
On meurt en trois iours à tout rompre,
Passé trois iours, on est sauué,
On dit le Pater & l'Aue.

Quibuscum-
que cor u-
ptum fu....
cereh....m, in
tribus diebus
pereunt. Si
verò has ef-
fugerint, sani
fiunt.

APHOR. L.

ESternuëment vient de la teste,
Qui déborde comme tempeste,
Quand cerueaux si bien étoffez
Sont remplis, ou sont échauffez;
Car l'air qui dans ces lieux sejourne,
Fait que l'on diroit qu'il y tourne,
Et la cause d'vn bruit si fort,
C'est que l'air ou le vent qui sort,
Rencontre petite ouuerture,
Et est là comme à la torture:
Vent qui par trop se sent presser,
Meine bruit quand il faut passer.

Sternutatio
fit ex capite,
percalescente
cerebro, aut
vacuo quod
est in capite
perhumes-
cente. Aër
enim qui in-
tus est, foras
erumpit.
Strepitum
verò edit,
quia transitus
est ipsi per
angustum,

Y ij

APHOR. LI.

Quibus je-
cur vehemé-
...let, iis
...uper-
...ol-
...it o...   ...n.

QVand foye a mal s'il suruient fievre,
La douleur s'enfuit comme vn lievre.

APHOR. LII. suprà.

APHOR. LIII.

Quibus inter
ventrem &
septum tráf-
uersum pitui-
ta conclusa
est ; & dolo-
rem exhibet,
non habens
exitum ad
neutrumven-
trem, his per
venas ad ve-
sicam con-
uersa pituita,
morbi solutio
fit.

QVand flegme suc autant espois
Et gluant que seroit empois,
Est fermé comme par deux chaisnes,
Entre l'estomac & les veines,
Et cela manque de sortir
Fait crier comme au repentir,
La douleur se rend éclaircie,
Si l'humeur coule en la vessie.

APHOR. LIV.

Quibus he-
par aqua re-
pletum , ad
omentum
eruperit, his
venter aqua
impletur, &
moriuntur.

SI foye a des eaux bien à plom
Qui coulent dans l'epiploon,
Ventre s'emplit, & la mort noire
Estouffe à force de boire.

APHOR. LV.

C'est un remede bon & beau,
Que vin trempé de moitié d'eau,
Il charme les inquietudes,
Les baaillemens, les lassitudes,
Il arreste court le frisson,
Vin est seur en cette façon.

Anxietatē ossicationem, horror m, vinum a quam m . o aqua admixta potum soluit.

APHOR. LVI.

CErueau choqué, fust-ce à Bartole,
Fait soudain perdre la parole.

Quibus cerebrum cōcussum fuerit ex aliqua causa, eos statim voce priuari necesse est.

APHOR. LVII.

S'Il faut chairs molles dessecher,
Il ne faut pas beaucoup mâcher,
Ni viure comme beste en crèche:
La faim corps humides desseche.

Corporibus humidas carnes habentibus, famem inducere oportet: fames enim corpora siccat.

APHOR. LVIII.

QVand un corps nage de sueur,
Froide ou chaude selon l'humeur,

Sudor multus calidus, aut frigidus semper flues.

Y iij

humoris copiam inesse significat. Hæc igitur robusto quidem supernè, debili verò infernè deducet.

Purge par haut le corps robuste,
Le foible par bas mieux s'ajuste :
Mais purge sans empoisonner,
Malade & Medecin damner :
Employe tes plus douces choses :
Le sené, le sirop de roses,
Ou mesmes de fleurs de pescher,
Vuident sans brûler ny trancher :
Et d'ailleurs conservent la bourse,
Dont Chymiste épuise la source,
Pour tant profonde qu'elle soit :
Leur jargon qui simples déçoit,
Est au corps humain plus funeste
Que le tonnerre, ou que la peste.

APHOR. LIX.

Si febricitanti quis cibum exhibuerit, sano quidem robur, sed ægrotanti morbus.

QVand on nourrit trop vn fievreux,
Pour vne fievre il en a deux :
L'aliment aux sains est vtile,
Et rend malade plus debile.

Fin des Aphorismes d'Hippocrate.

CE qui suit est ou repeté,
Ou par d'autres interjetté :
Ce mot sent vn peu la chicane,
Si quelqu'vn le treuue profane,
Qu'il en face, & du Liure aussi
Ce qu'il voudra ; car, Dieu merci,
Assez accoustumez nous sommes
De n'estre estimez de tous hommes :
Mais si PATIN, ce noble esprit,
A qui j'addresse cét escrit,
Qui sainement des choses iuge,
Que i'ay choisi pour mon refuge,
Treuue ces rimes assez bien,
Le reste ne m'importe en rien ;
Car ces Rabins & ces Arabes,
Qui disent que trop de sillabes
Nous entrelassons dans nos vers,
Ont l'esprit cruche & de trauers :
A ces faquins vne marotte
Sieroit bien mieux qu'vne calotte.
Que si Monsieur le Reuerend,
Qui me tient pour vn ignorant
En matiere de Medecine,
Despoüille son humeur chagrine,
Et considere ce discours
Comme vn ouurage de dix iours,

Sans distraction de ma Charge,
Il croira ma teste plus large,
Qu'il n'a fait iusques à present,
(Qui mesle l'vtile au plaisant
A tous les points de la partie:)
Voila mon affaire assortie.

F I N.

www.ingramcontent.com/pod-product-compliance
Lightning Source LLC
Chambersburg PA
CBHW070847030726
47504CB00005B/1254